MW01233714

MACÍAS

LITERATURA

ESPASA CALPE

MARIANO JOSÉ DE LARRA

MACÍAS

Edición
Luis Lorenzo-Rivero y
George P. Mansour

COLECCIÓN AUSTRAL

ESPASA CALPE

© *Espasa-Calpe, S. A.*

—

Maqueta de cubierta: Enric Satué

—

Depósito legal: M. 28.845–1990
ISBN: 84–239–1955–2

Impreso en España
Printed in Spain

Talleres gráficos de la Editorial Espasa-Calpe, S. A.
Carretera de Irún, km. 12,200. 28049 Madrid

ÍNDICE

INTRODUCCIÓN 9
   I. 9
     El drama personal de Larra 11
     La obra periodística de M. J. de Larra . 20
     Obras dramáticas 24
     Antecedentes de *Macías* 28
   II. El drama *Macías* 33
     Versificación 51

NOTA EDITORIAL 57

APÉNDICE TEXTUAL 59

BIBLIOGRAFÍA 61

MACÍAS 67
   Dos palabras 69
   Acto primero 73
   Acto segundo 111
   Acto tercero 149
   Acto cuarto 193

INTRODUCCIÓN

I

Mariano José de Larra es un escritor clave dentro de las letras hispánicas. Su continua permanencia en esa cultura no es una mera casualidad. Se le conocía y admiraba fuera de España más que a ningún otro literato español de entonces. En Francia, por ejemplo, circulaban sus artículos y sus dramas. También se le leía en Londres, por lo menos entre los exiliados españoles[1]. Sus escritos se adoptaron inmediatamente en Hispanoamérica, donde fascinaba su ingenio, su sátira y su liberalismo progresista. Eso a pesar de que con la fragmentación del imperio, la influencia ejercida por los escritores españoles en las colonias había pasado a los de otros países. Fue el autor español que más sedujo a los románticos hispanoamericanos, porque era

---

[1] José Escobar menciona haber hallado con Anthony Percival una noticia sobre *El Duende Satírico del Día* en la revista londinense de la época, *Foreign Review*. Véase su artículo «Larra durante la ominosa década», en *Anales de Literatura Española* (Universidad de Alicante), 2, 1983, pág. 237.

un espléndido paladín de la pugna del progreso contra
el estancamiento. Así será siempre que en la civilización hispánica se observe cualquier amenaza de que la
barbarie devore a la civilización. El espíritu progresista de su obra impelerá la conciencia cívica de los opri-
midos a la rebelión. No se sabe con certeza dónde ni
cuándo se leyeron por vez primera los escritos de Larra
al otro lado del Atlántico, pero hay pruebas de que casi
fue simultáneamente a su publicación en Madrid[2].
Durante la cuarta década del siglo pasado, se presen-
taban en el teatro de Buenos Aires piezas españolas y
dramas de Eugène Scribe traducidos por Larra. Su
MACÍAS se puso en escena el mismo año que en España
(1834), siendo publicado allí por primera vez en 1839.
No debe extrañar, por consiguiente, que surgieran casi
sincrónicamente varios escritores hispanoamericanos
con actitudes, perspectivas, filosofía y personalidades
semejantes a las de Larra en situaciones también similares. He ahí, por ejemplo, Juan B. Alberdi, *Figarillo,*
que inició su carrera periodística en 1837, cuando ter-
minaba la de *Fígaro*[3]. Otros de la misma generación

---

[2]   José A. Oría afirma en su «Alberdi "Figarillo". Contribución
al estudio de la influencia de Larra en el Río de la Plata», en *Humanidades,* 215, 1936, pág. 223, que ya en octubre de 1833 ha existido
en Buenos Aires un periódico titulado *El Fígaro. El Eco Oriental* del
12 de agosto de 1835 reprodujo el artículo de Larra «En este país»,
publicando en *La Revista Española* del 30 de abril de 1833. *El Repu-
blicano* de Montevideo se inauguró el 17 de mayo de 1838 con la reproducción de «Buenas noches» y *El Mercurio* de Valparaíso, en Chile,
comenzó la reproducción de artículos de *Fígaro* con «La fonda nueva»
el 7 de septiembre de 1838, proceso que siguió durante un año por
lo menos. Además están las ediciones de colecciones, como la de Montevideo de 1837 y la de Valparaíso de 1844, así como las de obras completas entre las que se encuentra la de Caracas de 1839.
[3]   Sobre este punto véase José A. Oria, *op. cit.* y Vicente Cano,
«Larra y Alberdi: Paralelos y divergencias», en *Kañina. Revista de
Artes y Letras de la Universidad de Costa Rica,* 4, 1980, págs. 41-47.

vibraron con el espíritu progresista larriano, sobre todo, Domingo Faustino Sarmiento [4]. Recuérdese también la importante significación que tuvo después Larra en España para los escritores del noventa y ocho, y cómo en 1937 cobró triste actualidad su concepto de las dos Españas: la progresista y la de siempre. A partir de 1976 con motivo del drama *Sombra y quimera de Larra* de Francisco Nieva, y más todavía en 1977, con *La detonación* de A. Buero Vallejo, se le ve como símbolo indiscutible del liberalismo español actual, haciendo vibrar de emoción a las juventudes idealistas del presente.

EL DRAMA PERSONAL DE LARRA

En el caso de Larra existe un estrecho vínculo entre su drama personal y su obra, que es la exteriorización de sus emociones y pensamientos. Su vida coincidió exactamente con una crisis nacional trascendental entre la fecha de su nacimiento, año de la convocatoria de las Cortes, y la de su suicidio, momento cumbre de la desamortización. Es la figura quizá más significativa del romanticismo español, que con su genio y su talento satírico supo estampar en la cuartilla los problemas de su patria. Además, es el que mejor enlaza a los

---

[4] Todo esto está estudiado en el libro de Luis Lorenzo-Rivero, *Larra y Sarmiento,* Madrid, Guadarrama, 1968; y en trabajos como el de Noël Salomon, «A propos des éléments costumbristas dans le *Facundo* de D. F. Sarmiento», en *Bulletin Hispanique,* 70, 1968, págs. 373-398; el de Osvaldo Álvarez Guerrero, «Larra en Hispanoamérica. Larra y la generación de 1837», en *Revista de Occidente,* 5, 1967, págs. 230-238; el de Federico Álvarez Arregui, «Larra en España y América», en *Ínsula,* 188-189, 1962, pág. 9; y el de Rubén Benítez, «El viaje de Sarmiento a España», en *Cuadernos Hispanoamericanos,* 407, 1984, págs. 5-34.

grandes clásicos españoles con los grandes ingenios su-
cesores suyos. Si bien es cierto que todavía falta esa
biografía completa suya tan necesaria, varios investi-
gadores han hecho aportaciones documentales que nos
aproximan a ella [5].

Larra nació el 24 de marzo de 1809 en Madrid. Fue
el segundo hijo del segundo matrimonio de don Mariano José de Larra y Langelot con la joven María Dolores Sánchez de Castro, cuyas nupcias tuvieron lugar
el 7 de enero de 1806. Los consortes salieron pronto
para París, a donde llegaron el 11 de marzo. Fue un
viaje muy breve, pues en junio, después de una breve
estancia en San Sebastián, residían en Victoria cuando el doctor obtuvo la plaza de médico titular de Ába-
los (Logroño). De aquí, pasó en agosto a desempeñar
la de Corella (Navarra), donde les nació el primer
hijo [6].

Para comprender la creación de Larra, se necesita
reconocer que una serie de circunstancias biográficas
moldearon su concepción de la humanidad. La primera que contribuyó en ese sentido fue su padre, un ilus-
trado progresista médico preclaro que llegó a serlo del
infante don Francisco de Paula [7]. Además de por su

---

5   Los principales son A. Rumeau, F. C. Tarr, Ismael Sánchez Es-
teban, José Escobar, Jorge Urrutia, Gregorio C. Martín y José L. Varela, cuyos trabajos se incluyen en la bibliografía.
6   Para más información, véanse los documentos aportados por
Luis Lorenzo-Rivero en *Estudios literarios sobre Mariano J. de Larra,*
Madrid, Ediciones José Porrúa Turanzas, 1986, págs. 11 y sigs.
7   En la solicitud de junio de 1806 para médico titular de Corella,
legajo 83 del Archivo Municipal, enumera sus muchos méritos, entre
los que aparecen sus títulos de filosofía y medicina por Valencia, Zaragoza y Madrid, sus estudios en la Escuela de Medicina de París y
en el Colegio de Francia. También había estudiado tres años en la Cá-
tedra de Química de Proust y en el Real Jardín Botánico. Añade una
larga lista de importantes puestos que había tenido de médico.

notoriedad de facultativo, le buscaban de pueblos co-
marcanos por sus extraordinarias cualidades humanas
de dulzura, incesante atención a los enfermos y agra-
do incluso con los pobres. Así lo describieron los veci-
nos de Corella al alcalde y comisión municipal el 5 de
septiembre de 1807, para que le subiesen el sueldo hasta
equiparárselo al que le habían ofrecido en Tafalla[8].
Después pasó a Madrid, donde en diciembre de 1808
lo reclutaron como médico del ejército francés para el
Hospital Militar. Al eximirlo de estas responsabilida-
des, en marzo de 1811, solicitó pertenecer al cuerpo médico del ejército francés, convirtiéndose así en afran-
cesado de hecho, lo que le costó la expatriación a
Francia con su familia en 1813. Todo ello situó al escritor, desde sus orígenes, en una tradición ideológica
procedente de la ilustración española de tendencias re-
formistas, la cual fue el germen de su actitud liberal
progresista[9].

Todavía muy niño, salió con sus padres para Francia, residiendo en Burdeos desde septiembre de 1813
hasta marzo de 1814. En esta fecha, el padre, alarma-
do por la rápida aproximación de las tropas inglesas,
se trasladó con su familia a París. Su posición de médico militar francés concluyó en agosto de 1815, pero
continuó residiendo allí, sin pasar las penalidades de
muchos otros exiliados. Cuando el infante don Francisco de Paula en su viaje por Europa enfermó en París,
le curó el doctor Larra, quien le acompañó a todas par-

---

[8]   Véase el legajo 84 del Archivo Municipal de Corella. En él
también se halla documentación sobre las dificultades económicas
del médico Larra y de la ciudad, que no tenía 60 ducados para ade-
lantarle de su sueldo.

[9]   Véase José Escobar, *op. cit.,* pág. 244, y Luis Lorenzo-Rivero,
Estudios literarios sobre Mariano J. de Larra, págs. 33-44.

tes desde el 12 de agosto de 1817 en adelante. Pudo regresar a España con su familia en marzo de 1818 en calidad de facultativo del infante. Esta estancia en Francia ha dejado una profunda impresión para el resto de la vida del joven Larra, que se crió allí desde los cuatro a los nueve años. Hasta este momento, su vida se debe considerar un apéndice de la de su padre, que siguió influyendo en él marcadamente por unos años más. De regreso en España, el muchacho tuvo que reaprender el español en el internado de los escolapios de San Antonio Abad hasta 1822. De aquí se fue a vivir con sus padres a Corella, donde estaba el padre de médico por segunda vez. Regresó a los estudios en Madrid en octubre de 1823, pero ahora a los jesuitas del Colegio Imperial. Su padre se fue de médico a Aranda de Duero. Todas estas mudanzas, internados y soledades han dificultado a Larra el crecimiento de niño normal, lo que se transparenta en su actitud ante la vida.

El curso de 1824-25 lo hizo en la Universidad de Valladolid, donde también se matriculó del de 1825-26, pero ya lo estudió en Madrid en los Reales Estudios de San Isidro. Con ello, dio por concluida su carrera universitaria y comenzó a defenderse solo en la vida. Su padre había dejado la plaza de Aranda de Duero y residía en Madrid con él, ambos sin empleo. Tuvieron que ser tiempos de extremada estrechez económica para toda la familia. Por consiguiente, el joven Mariano buscaba un empleo oficial, prácticamente el único posible, para aminorar esas dificultades. Solicitó entrar en los Voluntarios Realistas en 1826, pero su solicitud fue desatendida dos veces consecutivas. Por fin, lo admitieron a ese cuerpo paramilitar el 9 de marzo de 1827, mes en que cumplía sus dieciocho años, que

era la edad mínima requerida. Esto le daba el derecho
a la preferencia para toda clase de empleo y, de hecho,
en 1827, ya se hallaba colocado en la Inspección de ese
Cuerpo de Voluntarios Realistas. Parece evidente, por
tanto, que su insistencia en pertenecer al cuerpo de de-
fensores del Trono y del Altar se debía a su necesidad
de asegurarse un destino, no a una convicción ideológica [10]. Por entonces, también entabló relaciones amorosas con Pepita Wertoret y, en octubre, inició su carrera literaria, publicando la «Oda a la primera
Exposición de las Artes españolas». Está dedicada a
sus padres y se reduce a unos versos llenos de citas
mitológicas, pues Larra, aunque ha escrito bastantes
versos, no supo hacer poesía en esa forma. Esa oda
muestra su gran talento para acomodarse a las circunstancias, ya que al propio tiempo que expresa sus ideas
progresistas con la ponderación de los adelantos indus-
triales, se gana el favor de aquéllos que podían ayu-
darle en la publicación de *El Duende Satírico del Día*
unos meses después, 26 de febrero de 1828. Desde entonces se dedicó a publicar, además de los periódicos,
versos juveniles, teatro original y traducciones francesas, etc. Su primer periódico duró sólo hasta el 31 de
diciembre, contando con cinco números, pero en agosto
de 1832 empezó la revista satírica de costumbres *El Pobrecito Hablador* que duró hasta fines de marzo de
1833. Desde noviembre hasta ese momento, colaboró
simultáneamente en *La Revista Española*. Más tarde
escribió para otros periódicos madrileños importantes.
Aunque su actitud permaneció siempre fiel al propósito

---

[10] Véase José Escobar *op. cit.,* págs. 235-240, y Jorge Urrutia,
«Larra defensor de Fernando VII», en *Ínsula,* 35, n. 366, 1977,
página 3.

primordial de *El Duende,* fue creciendo progresivamente al paso que aumentaba su experiencia.

Entre 1829 y 1832, Larra compuso la mayor parte de sus numerosas obras en verso, que solía leer en las tertulias que organizaban el duque de Frías y otros. También se dedicó a la actividad teatral con refundiciones y traducciones del teatro francés. Ésa sería por aquel momento su ocupación casi exclusiva para cubrir sus necesidades económicas. Su gran amigo el empresario de teatros Juan de Grimaldi, a quien había conocido en la tertulia del *Parnasillo,* lo animaba a producir para la escena. Se casó con la joven Pepita Wertoret en agosto de 1829, pero pronto conoció a una joven levantina casada, Dolores Armijo, y entablaron unas relaciones amorosas. En abril de 1831, se estrenó su primera pieza teatral original *No más mostrador,* que con algunas reservas se puede considerar original, la cual fue muy aplaudida y se representó mucho en Madrid y provincias en temporadas posteriores. Esto le animó más a seguir con el teatro y, en 1832, entregó varias traducciones firmadas con seudónimo. José María Carnerero inició *La Revista Española* en otoño de este año y Larra pronto contó entre sus redactores, utilizando por primera vez su famoso seudónimo de *Fígaro* en este periódico. Desde julio a diciembre de 1833, escribió simultáneamente también para el *Correo de las Damas.*

María Cristina comenzó a controlar el poder con su regencia anticipada en 1833, sobre todo desde la muerte de su esposo el rey Fernando VII en septiembre cuando quedó de reina gobernadora. Eso produjo gran optimismo y esperanzas entre los liberales. Con las nuevas prospectivas de libertad, los escritos de *Fígaro* se impregnaron de su progresismo y romanticismo. En los

años 1833 y 1834 ha sido muy productivo, aunque le
abrumaron varios problemas graves. Uno fue la denun-
cia presentada contra él en junio de 1833 por el actor
Nicanor Puchol, quejándose de que criticaba sus malas
actuaciones en las reseñas de teatro. En 1834, la situación se le complicó más a Larra. Por un lado, estaba la guerra carlista que obstaculizaba su revolución
progresista. Significaba mucho más que una simple
disputa de sucesión, suponía un problema de principios
ya que el carlismo carecía de programa político. Por
otro, sus esperanzas en María Cristiana y en F. Martínez de la Rosa se le convertían en amargos desenga-
ños. Además el cólera asoló la capital, causando la
suspensión de la vida de sociedad y casi el cierre del
teatro. Se separó de su mujer, rompió con *La Revista
Española* y desafió a duelo al actor Agustín Azcona.
Todo ello le produjo una profunda crisis, la cual de-
sembocó en su viaje al extranjero en la primavera de
1835, y fue un punto crucial en su producción literaria[11]. Cuando se separó, en el verano de 1834, ya
tenía dos hijos: Luis Mariano de tres años y Adela de
dos escasos. Encima, Pepita estaba embarazada con
Baldomera, a quien *Fígaro* no conoció hasta su vuelta
del viaje en diciembre de 1835, ni nunca la quiso reconocer como su hija. Esa turbada vida emocional afec-
tó directamente sus trabajos.

En 1834, Larra escribía incesantemente sátiras
socio-políticas, críticas teatrales y otros géneros literarios. Comenzó el año publicando su novela histórica

---

[11]   Más información sobre esta época se encuentra en José Escobar, «Un episodio biográfico de Larra, crítico teatral, en la temporada de 1834», en *Nueva Revista de Filología Hispánica,* 35, 1976,
páginas 45-72.

caballeresca, *El doncel de don Enrique el Doliente,* que
tuvo muy buena recepción entre los lectores e incluso
llegaría a ser traducida al francés en 1868. El 24 de septiembre estrenó, sobre el mismo asunto que la novela,
el drama MACÍAS, que había escrito antes. La prensa
madrileña elogió la pieza, el éxito de público, la excelente presentación y la esmerada interpretación de los
actores más importantes de la época.

En la primavera de 1835, a poco de publicar el primer volumen de la colección de sus artículos, Larra
salió para el extranjero. Los motivos de ese viaje fueron múltiples, según se deducen de las causas de su crisis del año anterior. Uno de los menos apremiantes era
el obtener el pago de una antigua deuda a su padre del
barón belga Philibert de Saint Martz. Otro de los de
mayor importancia era que su amante Dolores Armijo había sido llevada de Madrid a vivir con un tío en
Badajoz. Hizo el viaje hasta la ciudad extremeña en
compañía de su amigo el joven conde de Campo Alen-
ge. *Fígaro* se quedó allí desde el 10 al 27 de abril, en-
contrándose en Lisboa el 28, de donde se embarcó para
Inglaterra el 17 de mayo. Permaneció en Londres desde
el 26 al 29 de este mes y el 30 zarpó de Dover para Ca-
lais. Al día siguiente partió para París, donde estable-
ció su residencia el día 6 de junio. Aquí fue muy bien
recibido por el duque de Frías. Eugène Scribe lo invitó
a su casa de campo, el barón de Taylor le regalaba en-
tradas para el teatro, hizo amistad con Casimir Delavigne, Charles Nodier, Victor Hugo y otros, y se puso
a escribir.

El 30 de septiembre marchó a Ypres para convenir
con el barón de Saint Martz el pago de la deuda a su
padre. Durante este viaje, se encontró muy enfermo
y tuvo que pasar en cama veinte días. Regresó a París,

donde recayó. Mientras tanto, la situación en España había cambiado, augurando un futuro sonriente para su ideología progresista. Desde el 14 de septiembre era jefe del Gobierno y ministro de Hacienda Juan Álvarez Mendizábal. Lleno de esperanzas y convencido de la sinceridad de las promesas del nuevo gobernante, tomó el camino para Madrid a principios de diciembre. El 7 se hallaba en Burdeos con prisa de llegar a su país y poner en acción sus ambiciosos planes de mejora. Por Olerón, Jaca y Zaragoza, llegó a la capital para la reunión de la junta general del Ateneo el 23 del mismo mes de diciembre. Pronto se desilusionó con el gobierno de Mendizábal, comenzando a condenar sus procedimientos ya el 30 de enero de 1836 y luego sus promesas rotas a la nación.

En noviembre de 1835, se había fundado en Madrid el periódico *El Español* bajo la dirección de Andrés Borrego. Una vez de vuelta, Larra ingresó inmediatamente en su redacción con un sueldo de 20.000 reales anuales, publicando en él su primer artículo «*Fígaro* de vuelta» el 5 de enero de 1836. Su actividad política se hizo más directa. Después de apoyar el Gobierno de Istúriz, se presentó a candidato a diputado por Ávila, donde residía Dolores con el tío que había vivido en Badajoz, don Alfonso Carrero. Salió elegido diputado en agosto, pero el motín de La Granja eliminó toda su posibilidad de participar en el destino de España. Ese fracaso político aplastó por completo el espíritu sensible de *Fígaro* y hasta se retrajo de la vida social, a la que tanto se dedicaba. Su inolvidable amante Dolores Armijo también había vuelto de Ávila para Madrid. Él vivía desde mediados de 1836 en el segundo piso del número 3 de la calle Santa Clara. Ella le había anunciado su visita el día 13 de febrero de 1837. Llegado ese día, al oscurecer, Dolores se presentó acompañada de su cuñada. Larra la recibió en su despacho, donde ella le exigió que le devolviera sus cartas. Las dos mujeres salieron acompañadas del criado de *Fígaro,* mientras él se dio un tiro en la cabeza.

La ruptura de Dolores precipitó el nefasto desenlace, pero la posibilidad de tan dramático y romántico final estaba ya patente en sus últimos artículos. La tensión entre su ideal y la realidad político-social de aquella España, que había sido una de las causas primordiales de sus crisis de 1834 y de 1836, le arrastró al suicidio. Desde la publicación de *El día de difuntos de 1836* y de *La Nochebuena de 1836,* se le ve aproximarse peligrosa y rápidamente a su desesperación. Ahí está clara su duda de que pudiese haber ya remedio para su España, lo que lleva al reconocimiento de que *Fígaro* se había suicidado psicológica y políticamente con anterioridad al 13 de febrero [12].

LA OBRA PERIODÍSTICA DE M. J. DE LARRA

A pesar de su corta vida, Larra cuenta con una extensa obra que incluye la mayor parte de los géneros literarios. Según ya queda indicado, su producción en verso pertenece a los años de tentativa. Son las primeras muestras de sus ilusiones profesionales, composiciones de circunstancias, más próximas por su ténica a las tendencias de fines del siglo anterior que a las reformas románticas. Pronto se dedicó al periodismo, co-

---

[12]   Véase más explicación en Luis Lorenzo-Rivero, *Larra: Técnicas y perspectivas,* Madrid, Ediciones José Porrúa Turanzas, 1988, páginas 158-161.

menzando con la creación de *El Duende Satírico del Día*. Ésta iba a ser la forma literaria que le ganaría reconocimiento universal de escritor extraordinario. Cultivó en este primer periódico el artículo de costumbres, corriente literaria que procedía del pasado. Entre los costumbristas más conocidos del siglo XVII, se suelen mencionar Juan de Zabaleta, Francisco Santos, Cervantes, etc. En el siglo XVIII, se destacaron en el cultivo de este género Torres Villarroel, Clavijo y Fajardo, Feijoo, Cadalso, el padre Isla, Jovellanos y, sobre todo, los autores de la prensa clandestina Arroyal, el abate Marchena y Picornell. El artículo de costumbres, como tal, se inició en los periódicos de la segunda mitad de esa centuria y alcanzó pleno desarrollo en el primer tercio del siglo XIX con las colaboraciones de Mesonero Romanos y Estébanez Calderón en la revista *Cartas Españolas,* fundada por José María Carnerero en marzo de 1831. A partir de febrero de 1828, Larra lo elevó a una nueva categoría diferente y superior a todo lo existente hasta su momento, distinguiéndose de todos primordialmente en el enfoque. Conocía perfectamente los precedentes europeos y españoles del género y rechazó la reproducción exacta de las escenas locales, como las de los dos compañeros de promoción mencionados en última estancia, por ejemplo, para dar su interpretación de la realidad socio-política en un determinado momento e introducir en su periodismo una intención de utilidad. Observaba y criticaba desde la perspectiva del historiador, pero prestando atención sólo a los rasgos universales de la historia. Desde su primer periódico, dejó claro que su talento se encauzaba por la sátira, escribiendo, en adición de para los ya mencionados antes, para *El Observador* entre octubre de 1834 y enero de 1835, para la *Revista Mensajero* entre marzo y agos-

to de 1835, para *El Redactor General* entre abril y diciembre de 1836 y para *El Mundo* entre diciembre de
1836 y enero de 1837.

Los valores de la obra periodística de Larra se vie-
nen reafirmando cada vez más con el paso del tiempo.
La prueba rotunda se tiene en la continua aparición de
colecciones de sus artículos y en la incesante publicación de estudios sobre ellos, porque son obra maestra
del periodismo y de la literatura. Una de sus cualidades
más singulares radica en su modernidad, al representar un concepto de progreso más nuevo, más próximo
al actual de democracia que el de sus predecesores y
contemporáneos. Mesonero Romanos, por ejemplo,
mostraba a sus compatriotas burgueses tal como eran
en vez de condenar lo vituperable de la sociedad entera con intención reformista para provocar en su lector
la oportuna y necesaria reacción. Para Larra, costumbrismo implicaba un compromiso total del escritor, el
cual debía despertar al pueblo de su letargo. A pesar
de que sus primeros artículos adolecen de muchos de
los defectos que afectaban a la literatura de su momento, tenía un plan bien definido desde el principio. Su
propósito era censurar todo lo deplorable en costumbres, literatura y política, como dice por boca de su
imaginario interlocutor, el librero, del primer artículo
de *El Duende:* «¿No tiene usted nada que decirle? ¿Y
no ve usted los abusos, las ridiculeces; en una palabra,
lo mucho que hay que criticar?» [13]. Varios de estos artículos del comienzo fueron trazados de acuerdo al
molde de los de Jouy, como él mismo dice de su pri-

---

[13]   Mariano José de Larra *(Fígaro), Obras,* ed. y estudio preliminar de Carlos Seco Serrano, Madrid, Ediciones Atlas, 1960, I, página 7. En adelante se cita por esta edición, indicando tomo y página en el texto.

mer artículo de *El Pobrecito Hablador:* «¿Quién es el
público y dónde se encuentra?» Lo considera: «Artículo mutilado, o sea refundido. Hermite de la Chaus-
sée D'Antin (I, 73)». También se encuentran rastros de
las tendencias críticas de otros extranjeros de mayor
significación que la de éste, como el británico Joseph
Addison, los irlandeses R. Steele y Jonathan Swift, o el
igualmente francés Restif de la Bretonne y varios más.
Reconocerles prioridad sobre Larra no quiere decir
que tuvieran primacía. Además, no se limitó a esas
adaptaciones ni patrones, porque, según ya ha notado
acertadamente José Ecobar: «Pero al adoptar esta
fórmula, la intención del *Pobrecito Hablador* es muy
otra... más allá de los ''usos costumbres''» [14]. Esa
fórmula le era suficiente para avanzar lo más posible
en la sátira de aquel desastroso sistema socio-político,
lo que se ve claro en «Dos palabras» y más aún en «Sátira contra los vicios de la corte», que califica de: «Artículo enteramente nuestro (I, 78)». Posteriormente, su
enlace con el costumbrismo de tendencias dieciochescas
cas resulta todavía más descoyuntado y, desde la muerte
de Fernando VII, la condena política aparece más directa, abierta y frecuentemente. Por consiguiente, la
sátira de costumbres fue moviéndose hacia el ensayo,
es decir, transformó el artículo de costumbres en re-
flexión.

   La sátira larriana es la expresión de su inconformis-
mo fundamental con la realidad de su país. Eso lo distingue de todos los otros costumbristas de su época,
ya desde sus primeras manifestaciones literarias. El
asunto primordial de su obra periodística entera fue

---

[14]   José Escobar, «*El Pobrecito Hablador,* de Larra, y su intención satírica», en *Papeles de son armadans,* 190, 1972, pág. 11.

la consideración del español en relación con la sociedad de la época que le tocó vivir, o sea, de la sociedad
integral, en cuyo fondo intrahistórico residen los principios del cambio en lucha con las fuerzas contrarias.
Su obra periodística es la expresión de su vida frustra-
da ante la imposibilidad de mejorar aquellas circunstancias. Su peculiar posición ideológica y política lo di-
ferenciaban de la mayoría de sus compatriotas, a
quienes se adelantó varias décadas ideológica y artís-
ticamente. Intentó transformar su sociedad sin contar
con los medios eficaces para las soluciones. Su sátira
se enlaza en el pasado con la de Quevedo, Goya y
demás, al mismo tiempo que antecede a Galdós y otros
inconformistas de la segunda mitad del siglo XIX y
del XX.

OBRAS DRAMÁTICAS

Ya queda advertido que la fama literaria de Larra
compete a sus escritos satíricos, publicados en los periódicos madrileños de su época. Existe, sin embargo,
otra considerable dimensión artística de Larra para la
que normalmente hasta el presente se le ha negado talento. Se trata de su consagración al teatro en la función de dramaturgo original, además de la de crítico
teatral y traductor al español de piezas francesas. La
primera es la que más importa al momento de estudiar
su propio teatro. Las otras, no obstante, han contribuido al desarrollo de su concepción y técnica dramáticas. Añádase a eso que mediante sus reseñas del
teatro se puede reconstruir una historia del estado
de la escena en Madrid durante su época, y que las traducciones y refundiciones le permitían ganarse sus

medios de vida, pues estaban mejor pagadas que las obras originales y se hacían con mucha más rapidez y facilidad. Solía firmar esas versiones del francés con el seudónimo *Ramón de Arriala,* que es el anagrama de su nombre, o las representaba anónimas. Lo propio hizo con sus propias piezas originales, excepto MA-CÍAS. La producción dramática de Larra entre traducciones, arreglos y obras personales, según diversos críticos, alcanzó la veintena de títulos, si bien varias de ellas no se representaron y algunas quedaron inconclusas o apenas pasaron del estado de proyectos[15]. Merecen distinción traducciones y arreglos como *Felipe,* que es la versión adaptada a la vida madrileña de una comedia del francés Eugène Scribe. Se estrenó en Madrid en febrero de 1832 para mostrar el enfrentamiento de clases, donde el amor triunfa sobre las diferencias sociales. Más éxito ha tenido el arreglo de la obra francesa de Victor Ducange *Calas* con el título *Roberto Dillón o El católico de Irlanda.* A pesar de su rotundo triunfo, no pasa de ser un desagradable melodrama cuyo tema original era el famoso caso de un calvinista de Toulouse de 1761. Larra trasladó el conflicto a Dublin durante la persecución isabelina de los católicos irlandeses. En 1835, fue muy popular también la presentación de su traducción de la pieza en cinco actos de Scribe *Bretrand et Raton, o L'art de conspirer* con el título de *El arte de conspirar.* De ese mismo año, aunque no fue representada hasta 1836, es su adaptación *Don Juan de Austria o La vocación*

---

[15]   Véase el estudio de Albert Brent, «Larra's Dramatic Works», en *Romance Notes,* 8, 1967, págs. 207-212. También Juan Luis Alborg, *Historia de la literatura española. El romanticismo,* tomo IV, Madrid, Editorial Gredos, 1980, pág. 267.

de la obra del mismo título de Casimir Delavigne[16]. Larra ha traducido más piezas, como *Partir a tiempo* y *¡Tu amor o la muerte!,* ambas de Scribe, o *Un desafío o dos horas de favor* cuyo original, colaboración de Joseph F. Lockroy y Edmund Badon, había triunfado hacía poco en París. Todas esas versiones y adaptaciones de ambientes y caracteres extranjeros a las necesidades y personalización españolas contribuyeron a su formación y mejoramiento de su considerable capacidad dramatúrgica.

En cuanto a su teatro original, hay varias obras de diversa calidad, de las cuales se destacan tres. Por un lado se tiene la comedia en prosa y en cinco actos *No más mostrador,* estrenada en 1832. Fue la primera suya llevada a la escena. Diversos críticos la han considerado una adaptación o un desarrollo de la comedia en un acto de Scribe *Les adieux au comptoir.* Esta opinión quizá sea demasiado extremada, pero no se puede negar que ha tomado bastante de ella, posiblemente más de lo que el propio Larra se ha dignado admitir[17]. También se le encuentran ciertas relaciones con

---

[16]   Sobre esta obra véase el estudio que Luis Lorenzo-Rivero tiene en el citado libro *Estudios literarios sobre Mariano J. de Larra,* págs. 89-101.

[17]   La polémica data ya del momento de su estreno, sobre todo, José M.ª Carnerero desde *Cartas Españolas* consideró la comedia de Larra traducción de la de Scribe. El 23 de mayo de 1834 Larra publicó «Vindicación» en *La Revista Española* en su defensa contra las recientes acusaciones de *El Diario del Comercio,* donde expresa lo que había tomado de la de Scribe, pero E. Herman Hespelt en su estudio «The Translated Dramas of Mariano José de Larra and their French Originals», en *Hispania,* 15, 1932, págs. 118-121, mantiene que lo que procede de la obra de Scribe es mucho más de lo admitido por el joven dramaturgo madrileño. Véase también Nicholson B. Adams, «A Note on Larra's *No más mostrador»,* en *Romance Studies Presented to William Morton Dey,* Chapel Hill, University of North Carolina Press, 1950, págs. 15-18.

la de Joseph Dieulafoy *Le portrait de Michel de Cervantes,* las cuales ya han notado otros comentaristas. *No más mostrador* es una crítica social en la que su autor se propone ridiculizar la incipiente burguesía adinerada de Madrid por sus aspiraciones a integrarse en la esfera aristocrática. También se condena la nobleza venida a menos, pues busca la solución a sus dificultades económicas en el matrimonio con las hijas de comerciantes.

Las otras dos obras originales importantes son dramas históricos. Una es *El conde Fernán González y la exención de Castilla* en cinco actos y en verso polimétrico, que nunca llegó a representar ni se publicó hasta 1886 en la edición de sus obras en Barcelona. Trata tres motivos del poema del siglo XIII, a saber: venta del caballo al rey don Sancho, prisión del conde y su libertad por doña Sancha y la independencia de Castilla del reino de León. Además de la gesta y los romances, los críticos consideran que sus fuentes inmediatas fueron la comedia de Francisco de Rojas *La más hidalga hermosura* y, en menos grado, una de Lope de Vega sobre el tema.

El otro drama histórico es la mejor composición teatral de Larra, la que le ha ganado un puesto digno entre los más destacados dramaturgos románticos españoles. Se trata de MACÍAS, escrita en verso polimétrico, en cuatro actos, que ya había sido prohibida por la censura antes de su estreno en el Teatro Príncipe, por lo menos en noviembre de 1833, según los anuncios de *El Correo de las Damas* [18]. Volvió a ser representado en los teatros de Madrid en 1835 y 1836, y también en

---

[18] Véase el citado estudio de José Escobar, «Un episodio biográfico de Larra, crítico teatral, en la temporada de 1834», pág. 53.

los de provincias: Barcelona, Valencia, etc. posiblemente se deba considerar uno de los cinco dramas principales del teatro romántico español junto con *Don Álvaro* (1835), *El Trovador* (1836), *Los amantes de Teruel*
(1837) y *Don Juan Tenorio* (1844). MACÍAS le ha
abierto el camino del escenario madrileño y ha predis-
puesto el ánimo de aquel público a aceptar, y aún a
admirar, las novedades que suponían todos estos dramas. Además, hay que reconocerlo precursor del de
Antonio García Gutiérrez y del de Eugenio Hartzen-
busch. También forma con su *El conde Fernán González* y con su *El doncel de don Enrique el Doliente*
parte esencial de la creación literaria romántica española en sus comienzos. Por todo eso, sorprende sobre-
manera que sean tan escasos los trabajos críticos dedi-
cados en su integridad al estudio de las múltiples facetas
de MACÍAS. Esto resulta todavía más insólito, si se
tiene en cuenta que la bibliografía sobre Larra y su obra
periodística es sumamente abundante.

ANTECEDENTES DE «MACÍAS»

El antecedente histórico de esta pieza de Larra se
halla en un suceso emocional del trovador gallego del
siglo XIV, Macías el Enamorado. Su nombre casi ha
venido a ser sinónimo del de *Fígaro* en el transcurso
del siglo XX. De hecho, Roberto Sánchez cita una larga
serie de historiadores de la literatura y críticos para
quienes la asociación entre ambos va más allá de la normal interrelación entre autor y personaje, estableciendo paralelos entre ellos [19]. Sin disminuir en lo más mí-

---

[19]   Véase Roberto Sánchez, «Between Macías and Don Juan:
Spanish Romantic Drama and the Mythology of Love», en *Hispanic Review,* 44, 1976, págs. 27-30.

nimo la importancia de su excelente estudio en muchos conceptos, hay que advertir, sin embargo, que las referencias autobiográficas de esta obra de Larra con frecuencia se reducen a lugar común, imposiciones por la ocasión, el tópico literario o las convenciones sociales, etc. Por tanto, no ofrecen la exactitud ni la intencionalidad deliberada que tiene en muchos de sus escritos periodísticos. Además, conviene recordar que la realización de MACÍAS precedió a varios sucesos fundamentales de su vida. De ahí que resulte arriesgado el recurrir a la vida factual de su autor, según han hecho, además del referido crítico, Kenneth Vanderford, Juan Luis Alborg y demás, para explicar el romanticismo de esta obra. Varios otros han descartado ya el autobiografismo de MACÍAS, como sucede con Joaquín Casalduero, Ermanno Caldera y algunos más. Los amores de *Fígaro* con Dolores Armijo no se pueden identificar con los de Macías con Elvira. La obra está concebida con unos héroes que se comportan dentro de la ideología romántica. Su autor también vivió y sintió como tal, por eso existen semejanzas y coincidencias en todos los aspectos entre el creador y su criatura, las cuales son independientes de su auténtica estricta realidad histórica.

Se conocen pocas composiciones poéticas del bardo gallego. Sólo se sabe con certeza de los cuatro poemas mencionados por el Marqués de Santillana y otro más, todos incluidos en el *Cancionero de Baena*. Ateniéndose a la información que da H. A. Rennert este poeta floreció entre 1340 y 1370, que es la fecha aceptada más corrientemente por la crítica[20]. El antes mencionado

---

[20]   Hugo Albert Rennert, *Macías o Namorado,* Philadelphia, University of Pennsylvania, 1900.

Kenneth Vanderford ha utilizado el *Proemio é carta* del Marqués de Santillana para documentar varios aspectos de las actividades del trovador Macías[21]. Ahora bien, los hechos en torno suyo, debido a su gran popularidad, se vieron pronto adornados por la fantasía tanto en la tradición oral como en las actas, convirtiéndose su vida en portentosa leyenda y su nombre en símbolo del sempiterno amante fiel. Para hacerlo coincidir en época con el marqués de Villena, don Enrique, Larra lo localizó anacrónicamente a finales del siglo XIV y comienzos del XV.

Se conocen tres fuentes literarias fundamentales de la leyenda de Macías. En general, se considera que el condestable de Portugal don Pedro fue el primero que escribió sobre los desventurados amores del trovador en su glosa *Sátira de felice e infelice vida,* escrita entre 1453 y 1455. He aquí el texto de esa glosa:

> Macías, natural fue de Galicia, grande e virtuoso mártir de Cupido, el cual, teniendo robado su corazón de una gentil hermosa dama, asaz de servicios le hizo, asaz de méritos le mereció, entre los cuales, como un día se acaeciesen ambos ir a caballo por una fuente (?), así quiso la varia ventura que por mal sosiego de la mula en que cabalgaba la gentil dama, volcó aquélla en las profundas aguas. E como aquel constante amador, no menos bien acordado que encendido en el venéreo fuego, ni menos triste que menospreciador de la muerte, lo viese, aceleradamente saltó en la honda agua, e aquel que la gran altura de la puente no tornaba su infinito querer, ni por ser metido debajo de la negra e pesada agua no era olvidado de aquella cuyo

---

[21]   Véase Kenneth Hale Vanderford, «Macías in Legend and Literature», en *Modern Philology,* 31, 1933, pág. 39.

prisionero vivía, la tomó a donde sana e salva puso
la salud de su vida. E después el desesperado galardón, que al fin de mucho amar a los servidores no se
niega, por bien amar e señaladamente servir hubo que
hicieron casar aquella su sola señora con otro. Mas
el no movible e gentil ánimo en cuyo poder no es amar
e desamar, amó casada aquella que doncella amara.
E como un día caminase el piadoso amante, halló la
causa de su fin, que le salió en encuentro aquella su
señora, e por salario o paga de sus señalados servicios
le demandó que descendiese. La cual, con piadosos
oídos oyó la demanda e la cumplió; e descendida, Macías le dijo que harta merced le había hecho, e que
cabalgase e se fuese, porque su marido allí no la ha-
llase. E luego ella partida, llegó su marido, e visto así
estar apeado en la mitad de la vía a aquél que no mucho
amaba, le preguntó qué allí hacía. El cual repuso: «Mi
señora puso aquí sus pies, en cuyas pisadas yo entiendo vivir e fenecer mi triste vida». E él, sin todo cono-
cimiento de gentileza e cortesía, lleno de celos, más
de celos que de clemencia, con una lanza le dio una
mortal herida. E tendido en el suelo, con voz flaca e
ojos revueltos a la parte donde su señora iba, dijo las
siguientes palabras: «¡O mi sola e perpetua señora! ¡A
donde quiera que tú seas, habe memoria, te suplico,
de mí, indigno siervo tuyo!» E dichas estas palabras
con grande gemido, dio la bienaventurada ánima. E así
feneció aquél cuya lealtad, fe e espejado e limpio que-
rer, le hicieron digno, según se cree, de ser posado e
asentado en la corte del inflamado hijo de Vulcano,
en la segunda cadera o silla, más propincua a él, de-
jando la primera para más altos méritos [22].

---

[22]   Citada en M. Menéndez y Pelayo, «Observaciones prelimina-
res», en *Obras de Lope de Vega,* Madrid, 1899, tomo X, pág. XLIV.
La modernización de la grafía es de los autores de este estudio.

La segunda narración de la leyenda de MACÍAS se debe al Comendador Griego Hernán Núñez de Toledo, al glosar una copla del *Laberinto de Fortuna* de Juan de Mena. La tercera versión es la de Gonzalo Argote de Molina, quien ha dejado una interpretación novelesca del trovador gallego en su *Nobleza de Sevilla* de 1588. Estas dos versiones añaden a las dimensiones del personaje legendario y literario, amplificando la constancia y persistencia de su amor aún incluso después de haberse casado la amada con otro, adaptando la realidad histórica para que don Enrique de Villena pudiera ser el señor de Macías, relatando en pormenor su muerte a manos del celoso esposo y haciendo que se le diese sepelio en la iglesia de Arjonilla en la provincia de Jaén próxima a Andújar.

En los siglos transcurridos entre esas tres fuentes principales y la aparición del drama de Larra, Macías surge en multitud de obras literarias, unas veces mencionado y otras como personaje. Vanderford ha estudiado con meticulosidad tales referencias en la literatura española medieval, desde los *Infiernos de amor, Laberinto* de Juan de Mena, *Visión de amor* de Juan de Andújar a los escritos de Sánchez de Badajoz, Marqués de Santillana, Antón de Montoro, Rodrigo de Cota y otros[23]. El nombre Macías casi pasó a ser un clisé literario. Sempronio lo llama en el acto segundo de *La Celestina* «ídolo de los enamorados», y en el tratado tercero del *Lazarillo de Tormes* se dice que el escudero está «hecho un Macías». De esta forma el ser histórico se transformó, a través de la leyenda y de la literatura, en un arquetipo. La comedia del siglo XVII *Porfiar hasta morir* quizá sea el mejor ejemplo de aná-

---

23   Véase Kenneth Hale Vanderford, *op. cit.,* págs. 42-63.

lisis del mítico Macías. Como parte de un estudio más extenso, Roberto Sánchez[24] ha hecho un examen breve, pero penetrante, del significado del protagonista de esta obra de Lope de Vega, donde entreteje la tradición cortesana y el mito amor-muerte de Tristán e Iseo. Indudablemente, Larra recurrió a la historia y a la literatura de su época y de otros momentos para documentarse, a fin de llevar al teatro y a la novela el tema de MACÍAS, pero adulteró y recreó esa historia a su conveniencia. El ambiente, las intrigas, el lenguaje, los personajes, etc., parecen ser los del siglo XV, sin embargo, poseen los rasgos psicológicos de los seres románticos. También en el siglo XVII, aunque después que Lope, Antonio Candamo con otros dos colaboradores lo llevó a las tablas en su *El español más amante y desgraciado Macías*.

II

EL DRAMA «MACÍAS»

MACÍAS se estrenó en Madrid el 24 de septiembre de 1834 y estuvo en la cartelera cinco días consecutivos[25]. Volvió a representarse de nuevo en el Teatro Príncipe el mes de noviembre los días 7, 9, 10 y en diciembre los días 15, 16 y 27. Posteriormente apareció en la cartelera también de Madrid en 1835 y en 1837. Esta obra de un fondo histórico, se debe considerar una drama-

---

[24] Véase Roberto Sánchez, *op. cit.,* págs. 30-33.
[25] Existe una discrepancia en cuanto a lugar de estreno; unos mantienen que tuvo lugar en el Teatro Príncipe y otros dan como lugar el Teatro de la Cruz.

tización simbólica del fogoso amor del trovador y Elvira, quienes mantuvieron encendida en el corazón la
llama de su fuego a pesar de la adversidad de un matrimonio forzado, impuesto por la prevalente y estrecha norma de conducta social y la manipulación política de don Enrique de Villena. Los amantes sostu-
vieron viva su pasión amorosa hasta la muerte de
ambos en una dramática escena llena de fatalismo en
la torre, donde se hallaba prisionero Macías, él a manos
de Fernán Pérez y ella suicidándose al perder a su trovador. Larra condena, e incluso objeta, a la injusticia
de leyes sociales y morales que prohiben la libertad in-
dividual, la nobleza de carácter, el amor y la perseverancia, pero que, por el contrario, premian la venganza y la villanía bajo pretexto de honor según el concepto
social y la nobleza de sangre.

En MACÍAS, Larra reúne el extraordinario sentimiento y pasión del drama romántico con una ficticia ad-
hesión a las unidades neoclásicas: acción, tiempo y
lugar. Este drama representa el modelo fundamental
del teatro romántico español, que ha sabido hallar la
fórmula clásico-romántica precisa y apta para las circunstancias históricas y literarias de aquella España.
La acción principal de la obra se centra en la constancia en el amor de Macías por Elvira y tiene lugar en
«uno de los primeros días del mes de enero de 1406»
en el palacio de don Enrique de Villena. Dentro de la
técnica neoclásica las tres unidades dramáticas artísti-
camente mantienen un punto de vista del mundo, cuya
base radica en el orden y la armonía, como valores primordiales. En el MACÍAS, sin embargo, el empleo de
las tres unidades es irrelevante, puesto que falta de armonía y conflicto se deben considerar las fuerzas di-
námicas de su atmósfera. Por consiguiente, la estruc-

tura dramática y la ideología que formuliza evocan mucho más el mundo problemático del romanticismo que el rígido y comedido sistema de los neoclásicos e ilustrados. El tema de esta obra, como ya queda afirmado más arriba, se refiere por vez primera en la glosa que don Pedro de Portugal puso a su *Sátira de felice é infelice vida*. En obras posteriores, ya fuesen glosas, poesía, teatro o narrativa, le fueron añadiendo a la leyenda detalles que la aproximan más a la versión dramática larriana. Como ya ha mostrado Vanderford en su estudio antes citado, estas novedades incluyen la introducción de don Enrique de Villena en el relato, el matrimonio de la amada antes del retorno de Macías, el encarcelamiento del amante por el esposo legítimo de la amada y la muerte del trovador a manos del esposo. Quizá la mayor distinción del drama de Larra de los relatos predecesores sea que la amada Elvira pierde también la vida, además, a tono con el romanticismo se suicida, constituyéndose un elemento de máxima importancia en la acción, tema y significado de MACÍAS.

Si bien esta pieza lleva el subtítulo de «Drama histórico en cuatro actos y en verso», en su prólogo «Dos Palabras», Larra se niega a definir o identificar la clase particular de obra teatral a que pertenece. Lo que es más, evita a toda costa el empleo del término descriptivo «histórico» del subtítulo en las respuestas a sus propias preguntas en referencia a la clase de pieza teatral que es. Va más lejos aún, él desmiente que su trabajo sea una «comedia antigua», «comedia moderna según las reglas del género clásico antiguo», «comedia de costumbres», «comedia de carácter», «tragedia», «drama mixto», o «drama romántico». Ni siquiera considera que pueda pertenecer a la escuela de Victor Hugo o A. Dumas. A pesar de que evita una clasificación para su obra, no obstante establece un propósito definido al escribir esta pieza, tal como expresa en el prólogo: «Macías es un hombre que ama, y nada más. Su nombre, su lamentable vida, pertenecen al historiador; sus pasiones, al poeta. Pintar a Macías como imaginé que pudo o debió ser, desarrollar los sentimientos que experimentaría en frenesí de su loca pasión, y retratar a un hombre, ése fue el objeto de mi drama».

Esa distinción que tan meticulosamente hace entre «historiador» y «poeta» y su empeño en evitar el uso del término «histórico» es algo irónico en su época, puesto que la nueva dramaturgia estaba surgiendo y él formaba parte íntegra de ese incipiente proceso artístico. Al escribir la reseña sobre *La Conjuración de Venecia* a propósito de su estreno en 1834, Larra demuestra con toda evidencia una sensibilidad especial en referencia al nuevo género dramático histórico, el cual jugaba un papel importante en la trayectoria que va del teatro neoclásico al romántico. En su crítica a esa obra de Martínez de la Rosa, el autor discursea sobre la cuestión de la tragedia en el mundo moderno muy particularmente la idea de que:

> Los pueblos modernos no concebimos esa tragedia, verdadera adulación literaria del poder... Los hombres no se afectan generalmente sino por simpatías: mal puede, pues aprovechar el ejemplo y el escarmiento de la representación el espectador que no puede suponerse nunca en las mismas circunstancias que el héroe de la tragedia. Estas verdades, generalmente sentidas, si no confesadas, debieron dar lugar a un género nuevo para los preceptistas rutineros; pero que es en realidad el único género que está en la naturaleza. La historia

debió ser la mina beneficiable para los poetas, y debió nacer forzosamente el drama histórico (I, 383-384).

El concepto «drama histórico» está quizás expresado mejor aún por F. Martínez de la Rosa en sus *Apuntes sobre el drama histórico* de 1830. A pesar de que intenta adaptar la preferencia nacional por lo histórico en el drama a los principios neoclásicos —como extensión de su famosa *Poética* de 1827—, los apuntes, sin embargo, producen un cambio claro en la concepción de drama y constituyen uno de los documentos más importantes en el desarrollo del teatro romántico. Martínez de la Rosa explica la utilidad de la historia en el drama, estableciendo las siguientes metas para el teatro: «... tratar ante todas cosas de conmover el corazón, presentando al vivo sentimientos naturales y lucha de pasiones, que ése es el mejor medio, si es que no el único, de embargar la atención, de excitar interés, y de ganar como por fuerza el ánimo de los espectadores» [26]. Estos elementos están evidentemente patentes y expresados en términos muy similares en el prólogo «Dos Palabras» que Larra puso al MACÍAS.

Al eludir toda categorización del género específico de teatro en el que se encuadra su MACÍAS, Larra no resolvió el problema del existente debate estético, todo lo contrario, creó más polémica sobre él. Las proliferadas controversias sobre romanticismo, neoclasicismo, europeización, nacionalismo, liberalismo y absolutismo evidenciaron a los preceptistas, y también a Larra, que se requería una nueva forma de expresión, otro molde, para transmitir el espíritu y los conflictos de la

---

[26] Francisco Martínez de la Rosa, *Obras Dramáticas,* edición y notas de Jean Sarrailh, Madrid, Espasa-Calpe, 1954, pág. 342.

naciente época, surgida de la crisis intelectual, si no metafísica, de finales del siglo XVIII [27]. Más aún, Larra, y demás dramaturgos que habían presenciado los horrores de la ominosa década, reconocieron la necesidad de un nuevo medio de expresión, imaginería y concepto de teatro. Esta expresividad moderna atañería muy en particular al llamado drama romántico, emergido con el propósito de representar crítica y simbólicamente los temores, las dudas y los reparos del ser humano a un universo hostil en que predominaban las injusticias de la sociedad y sus instituciones. La importancia de la pieza de Larra está precisamente en dar un paso adelante en este incipiente proceso de crear una forma expresiva innovadora, el drama romántico. Consistía éste en un simbolismo enmarcado en unos principios dramáticos, convergentes en la proyección de un punto de vista radical del universo. Tales principios incluyen: la preponderancia de acción sobre caracterización de personajes, el uso de imágenes dramáticas para tal caracterización, la multiplicidad de acciones unidas por un tema central y una profunda preocupación por la cuestión de justicia [28].

El teatro romántico destaca principalmente la acción simbólica, en contraposición a caracterización, que suele abarcar elementos o situaciones exageradas que sobrepasan los parámetros ordinarios de la experiencia humana. Por consiguiente, resulta un rechazo del

---

[27]   Véase Donald Shaw, «Towards an Understanding of Spanish Romanticism», en *Modern Language Review,* 58, 1963, páginas 190-195.

[28]   Véase el estudio de George P. Mansour, «Toward an Understanding of Spanish Romantic Drama», en *La Chispa, 1983. Selected Proceedings,* New Orleans, Tulane University, 1983, páginas 171-178.

arte mimético y del empleo de las unidades e ideología neoclasicistas, que los preceptistas románticos, así como sus dramaturgos, suplantaron por una unidad de interés [29]. En el desarrollo de este teatro el aspecto de «interés» fue primordialmente conseguido, unas veces, mediante una violenta tensión dramática, y otras, por medios visuales y acústicos de gran relieve, los cuales acentuaron la importancia de la acción y cuya íntima interrelación ha contribuido a la formulación ideológica del dramaturgo. En *Don Álvaro,* por ejemplo, las innumerables y complicadas adversidades de su lucha por encontrar significado a la vida tienen inmensamente más relevancia que los diferentes personajes, puesto que mediante una técnica escenográfica por la cual los actos y la situación son descritos en detalle, el dramaturgo transmite con énfasis su punto de vista de la vida diferente, lo que resulta muy efectista. En los teatros de Madrid, los efectos de luz en la escena, por ejemplo, logrados con el nuevo sistema de iluminación a gas, se alcanzaron progresivamente durante los primeros años de la cuarta década del siglo pasado. Fue por entonces cuando también se empezó a concebir la escena como cuadro visual, contraria a la idea anterior que la imaginaba una enmarcación para el diálogo. Por ese motivo el *Don Álvaro,* cuyo estreno tuvo lugar en 1835, aventaja con mucho escenográficamente las cinco decoraciones de *La conjuración de Venecia,* editada en París en 1830 y representada en Madrid en 1834. Hasta ese momento, la pieza de decoraciones más ostentosas había sido la comedia de magia *La pata de cabra* (1829) de Juan de Grimaldi.

---

[29]   Véase Ricardo Navas Ruiz, *El romanticismo español. Documentos,* Salamanca, Anaya, 1971.

Además, el teatro romántico para mantener esa unidad de interés multiplica las acciones, o los niveles de acción. En el caso de *La Conjuración de Venecia,* por ejemplo, teatraliza más que la conjuración histórica de la república veneciana, tres acciones diferentes: la conspiración, el matrimonio secreto de Rugiero y Laura, y la infatigable búsqueda de su identidad en la vida. Al juntar estas tres acciones en un cuadro visual, el autor consigue proyectar su visión crítica y sus pensamientos de la injusticia humana [30]. Debido a que la importancia primordial recae sobre la acción, la caracterización queda relegada a una posición secundaria. Puesto que en el teatro romántico la acción es simbólica y a veces hasta inverosímil, la significación y relevancia de los caracteres individuales, por lo común, se encuentran al nivel de representación. Normalmente los dramaturgos crearon sus personajes para proyectar ciertas imágenes, como la idea de orfandad, de marginado, de víctima de adversidad, de prisionero, etc.

La unidad artística en las piezas románticas con frecuencia se halla en el tema ideológico que permea la multiplicidad de acciones. Así, por ejemplo, en *La Conjuración de Venecia* y en el *Don Álvaro* es la injusticia la que une todas esas diversas acciones, mientras que en el *Don Juan Tenorio* es el tema del amor.

Otro principio del teatro romántico tiene que ver con la cuestión de la justicia, en que se distingue de la comedia del Siglo de Oro al no constituir parte de su estructura la justicia poética. Esto no quiere decir, sin

---

[30] Para más explicación sobre este principio, véase George P. Mansour, «Parallelism in *Don Juan Tenorio*», en *Hispania,* 61, 1978, págs. 245-253, y también «The *Edipo* of Martínez de la Rosa», en *Revista de Estudios Hispánicos,* 17, mayo de 1983, págs. 239-251.

embargo, que los dramaturgos románticos se hayan desinteresado por el tema de la justicia. Todo lo contrario, manifestaron una extremada preocupación por este
asunto, como se puede ver en el cambio fundamental
de la expresión literaria de la Ilustración a la época de
Fernando VII. La idea que la primera se había formado de una divinidad benevolente y un ser humano capaz
de todo se transformó en la segunda en el concepto de
una divinidad malévola y un ser humano víctima aprisionada en esta vida. En el fondo de esta transformación radical se encuentra una preocupación por la
cuestión de la justicia. La diferencia está en que el teatro romántico no predica la justicia intelectualizada ni
da modelos de emulación. El sentido de ecuanimidad
se comunica mediante estímulos visuales y acústicos y
mediante situaciones y personajes desventurados cuyo
propósito es causar una reacción drástica en el espectador. Tales personajes, como Rugiero en la *Conjuración de Venecia* y Manrique en *El Trovador,* son considerados víctimas atrapadas en una existencia absurda
que les niega los derechos más elementales del ser humano, como es su propia identidad. Las piezas románticas no proyectan la injusticia como una conquista del
mal o una remuneración del bien, sino que influyen más
en la emoción del espectador para que reconozca estas
injusticias perpetradas en el ser humano.

La estructura de la obra MACÍAS tiene por fundamento varios de estos principios del teatro romántico.
Consta de una interrelación de multiplicidad de conflictos y acciones, que por ser «Drama histórico», igual
que *La Conjuración de Venecia,* las entreteje en un contexto histórico-legendario para constituir una acción
dramática única. En la obra de Larra, ésta corresponde al hecho histórico en que don Enrique de Villena,

obsesionadamente ambiciona el maestrazgo de Calatrava y, a fin de conseguirlo, se divorcia de su esposa doña María de Albornoz. Tal acto, tópico de varias escenas, causa la animosidad de Villena contra su doncel Macías. Además, una de las acciones principales del drama se centra en el conflicto de Elvira, enamorada de Macías y su prometida, y sus obligaciones de esposa en un matrimonio impuesto con Fernán Pérez. Relacionada con ésta, pero independiente de ella, se tiene una tercera acción que atañe a Macías quien, por un lado, confronta los inesperados obstáculos a sus aspiraciones, y por otro, tiene que resolver la conflictiva discrepancia entre su firmeza en el amor y su deber de reparar su propia dignidad vejada por la oposición de la que es víctima. La última implica a Fernán Pérez cuya participación abarca una impuesta norma de conducta social, envolviendo un concepto de dignidad dependiente casi totalmente de otros. Aunque el teatro romántico solía acentuar las acciones mediante una técnica escenográfica bien elaborada, esto no es el caso en MACÍAS. Esta obra revela grandes deficiencias en la minuciosidad, en la plasticidad de cuadro visual acabado y en la consecución pictórica. También escasean las acotaciones escénicas, indispensables para la precisión de interiores. Únicamente existe la descripción de la cámara de don Enrique de Villena al comienzo del acto segundo, y, al principio del acto tercero, de la habitación de Fernán Pérez y Elvira. Si bien parece que esas acciones enumeradas contienen connotaciones comúnmente asociadas con el concepto de caracterización primaria, tales como deseo personal, frustración y formación de carácter, en última instancia reflejan una crítica del sistema social que les exige apariencias a costa de la propia estima. Como se verá, estas cuatro acciones están unidas temáticamente.

Si bien es verdad que el teatro romántico normalmente subordina la caracterización a la acción, en su caso, Larra no se ajusta sistemáticamente a tal principio. Esto se puede ver con claridad en un estudio de los cuatro personajes principales. Comenzando por don Enrique de Villena, se observa que su caracterización resulta de algún modo conflictiva. Al comienzo de la obra, su escudero hace un retrato de su personalidad mediante un resalte de sus características más deplorables, como por ejemplo, sus artimañas para asegurarse el deshonroso divorcio de doña María de Albornoz y de sus perniciosas intrigas para conseguir sus deseos de gran maestre, lo que se puede observar con toda precisión en la primera escena del acto inicial. Luego uno de los personajes secundarios relata las habladurías que circulaban con referencia a sus poderes nigrománticos y mágicos, según se ve del verso 758 al 764. Además concibe como extraños y demoniacos sus paseos nocturnos y sus observaciones siderales (vv. 770 a 786). De esa forma, la presencia de don Enrique en este drama provee un fondo histórico al conflicto que contribuye al plan general de la obra, aduciendo gran trascendencia dramática e ideológica a su papel. Por tanto, Villena aporta el mecanismo necesario para que retarde la vuelta de Macías a Andújar, para que así pase el plazo convenido y permita la celebración de la boda forzada de Elvira con Fernán Pérez. En su cargo de gran maestre don Enrique cumple el cometido de autoridad absoluta en la obra, encarcelando a Macías e imponiendo el duelo entre los dos rivales por la mano de Elvira. De este modo, simboliza la presencia ineludible de un sino tiránico y fatal, obstaculizando las aspiraciones de la persona.

Elvira es la víctima de sus propios conflictos engen-

drados por la oposición entre sus sentimientos de amor
y sus obligaciones de esposa dentro de esa sociedad
opresora, entre sus impulsos naturales y el concepto
social de verdad, entre constancia e inconstancia.
A pesar de ser obligada al matrimonio con Fernán
Pérez por la promesa de su padre en dar a éste su mano
y los falsos rumores esparcidos para hacerla creer que
Macías la había dejado por otra, ella está magistral-
mente delineada por Larra. La adorna con las virtudes de firmeza, de convicción y de sentimiento que le
permiten asumir el control de aquella desventurada cir-
cunstancia. Su vigor la conduce a su liberación al ma-
nifestar a su esposo Fernán que, aunque seguía enamorada de Macías, se daba perfecta cuenta de cuáles
eran sus deberes de consorte que cumpliría a rajata-
bla, tal como se deduce de los versos 1498 a 1513. Le
hace saber, sin embargo, que a pesar de ello, jamás se
le entregará ni en cuerpo ni en alma, suplicándole que
la recluya en un convento, donde quedará muerta a
todo contacto con la vida mundanal (vv. 1530 a 1537).
Si bien es cierto que las palabras carecen de poder ante
aquella estricta norma de conducta social, su fortaleza de carácter le da ánimo para intentar liberarse a sí
y al encarcelado Macías e incluso a morir en unión con
él, si fuera necesario, según evidencia el acto cuarto.
Es a través de Elvira y sus actos que Larra dramatiza
vívidamente la fuerza de voluntad del individuo y su
rebelión contra la opresión.

El escritor resalta en Macías la persistencia inmuta-
ble en su amor hacia Elvira, a la que encuentra casada
con Fernán a su retorno, experimentando así una traición sólo en parte aparente. Se siente enteramente aban-
donado por Elvira y por su señor don Enrique, lo
cual le produce una profunda depresión. Larra traza

en él carácter propio del contradictorio mundo romántico, el cual se encuentra rodeado de obstáculos, actos de deslealtad e inconstancia. Todo ello confluye en estrecha conspiración para desligarlo del objeto ideal, Elvira. Su fidelidad a la amada y a don Enrique, o sea al amor y a la autoridad, ha sido en vano. Él proclama su congojosa desilusión atribuyendo los cambios a fuerzas cósmicas perniciosas: «¡Tanta mudanza en un año! / ¿Tan amargo desengaño / me guardabais, cielos, hoy?» (vv. 1067-1069). Mediante el irreconciliable conflicto entre su esperanza y la experiencia que esas mutaciones implican, Larra dramatiza lo que Roberto Sánchez ha denominado una manifestación simbólica de la sociedad o de un valor social que hay que afrontar[31]. El personaje Macías tiene que rebelarse contra don Enrique de Villena, símbolo de la autoridad absoluta, y Fernán Pérez, símbolo de los valores sociales de su momento. A través de esa contraposición de Macías con estos dos elementos, el autor presenta su actitud de recriminación de las injusticias perpetradas contra la persona y su dignidad.

El hidalgo escudero de don Enrique de Villena, Fernán Pérez, aparece en el drama como un tipo-símbolo de la repulsiva nobleza y que, al mismo tiempo, de alguna manera es víctima de esos mismos valores sociales que encarna. Es el reverso de Macías y, como tal, es incapaz de amar. Su obstinada determinación de casarse con Elvira simboliza más un anhelo de triunfar sobre Macías y una manifestación de hombría que un acto de amor. Por eso queda excluida de la obra la presencia del auténtico triángulo amoroso, propio de la antigua comedia de capa y espada. Con la boda de Fernán y Elvira, contra la voluntad de ella, lo que acen-

---

[31]   Véase Roberto Sánchez, *op. cit.,* pág. 40.

túa su drama personal y exacerba la tensión entre Macías y su propio destino, Fernán se mantiene rigurosamente en el concepto social de honor del que surge automáticamente la necesidad de la venganza.

Larra utiliza la imagen del «prisionero» al elaborar los personajes y la acción. Ambos protagonistas, Macías y Elvira, son prisioneros y víctimas de un sistema social que les relega a una condición más peculiar de objetos que de seres, los cuales sólo adquieren valor en relación con personas de reputación social establecida, como es el caso, por ejemplo, de Fernán del verso 458 al 460, y de don Enrique del verso 964 al 971 y del 978 al 985. Macías es un prisionero, metafóricamente hablando, desde el principio del drama, y materialmente sólo lo es al final. Este símbolo adquiere mayor relevancia al reconocer que un acto entero transcurre en su celda, asociando de esa suerte la metáfora de prisionero con los acontecimientos del escenario. Más aún, es en la prisión, donde muestra Elvira su fortaleza de carácter y donde fracasa en su intento de liberar a Macías al mismo tiempo que confronta por última vez a su carcelero y esposo Fernán. Esa prisión metafórica que obstaculiza a los dos amantes en la vida el logro de su ideal, la consumación de su mutuo amor, es un paralelo de la prisión material, en la que ocurre la muerte de ambos. En este sentido, ese importante elemento plástico y conceptual contribuye a la unidad total de la obra.

Las cuatro acciones, aparentemente dispares, del MACÍAS son simples variantes de un mismo tema, una fuente única de unidad dramática. Las cuatro de alguna forma muestran en maneras contrapuestas aspectos y efectos de la constancia. Así Elvira, al sufrir el conflicto entre su amor y su deber, elige, por razón de su perserverancia, a su amante Macías aunque aparenta permanecer fiel a Fernán en calidad de esposa suya, según le exige el canon de conducta social. Por consiguiente, la falsa apariencia se superimpone a la verdad real enmascarando así los sentimientos íntimos. De ahí que revela claramente una discrepancia tajante entre la verdad y la apariencia tanto al expresarse en apartes como en escenas a su dueña y confidente Beatriz. Al punto de enfrentarse con Fernán, que es la razón simbólica al mismo tiempo el origen de su subyugación, avanza en dirección recta a su propia liberación. De esa suerte, reconcilia la discrepancia y reafirma su convicción en sí misma y en la constancia, valores que ella mantiene y por los cuales muere.

Este tema está patente también en el personaje Macías, a quien se le reconoce popularmente como un arquetipo según ha afirmado Roberto Sánchez en el ya varias veces citado trabajo. Macías afronta el conflicto entre amor y obligación lo mismo que Elvira. Trata de ser fiel a don Enrique, lo que constituye su deber de doncel, pero al mismo tiempo tiene que quebrantar las órdenes que le han sido dadas, porque se lo impone su irresistible amor a Elvira. Él se da cuenta, sin embargo, de ese quebrantamiento y se lo confiesa a don Enrique, pidiéndole perdón (vv. 978-981). Luego explica su desobediencia en estos términos: «no di obediencia debida / porque es quitarme la vida / mandar que de Andújar huya. / Aquí está Elvira, señor, / y aquí, como caballero, / mi juramento primero / me llamaba y el amor» (vv. 987-993). Por consiguiente, subordina al amor el deber impuesto por la autoridad social que para él está en un grado inferior. Este orden de prioridades de Macías anticipa su vehemente rebelión contra la potestad de don Enrique, rompiendo sus relaciones, y a su vez contra su rival y reverso Fernán, lo que sucede en el explosivo y emocionado diálogo de la escena ocho en el acto tercero. El lugar de la escena, habitación de Fernán Pérez y Elvira, es temáticamente muy significativo. Por su parte Elvira, en su conflicto entre amor y deber, disimula elegir a su consorte legal, recibiendo su anhelado esposo Macías, con quien debía de compartir el tálamo, el debastador golpe de un fingido rechazo. El doncel acusa a Elvira de falta de entereza al expresar su desilusión por esa aparente inconstancia en el amor de parte de ella, lo que se observa muy vívidamente en el apostrófico diálogo del verso 1411 al 1442. Con todo, su firmeza en la perseverancia le conduce a la rebelión verbal y a su liberación de las garras de don Enrique lo cual está patente en los versos 1365 a 1398. En esta acalorada discusión, Macías sobrepone su nobleza adquerida por méritos al concepto de la mera nobleza heredada de don Enrique, su fidelidad al amor a la infidelidad e incapacidad de amar de Villena. La noble liberación de Macías por la perseverancia está llena de ironía dramática puesto que le proporciona un indigno encarcelamiento material. Fernán Pérez toma sus valores del mismo canon de conducta social que exige a Elvira la supresión de la verdad. Por consiguiente, lo mismo que ella, él pone en marcha un intrincado andamiaje de simulaciones. En el caso de Fernán, el tema de la constancia se vuelve al revés y se proyecta carente de entereza a la verdad en sus acciones, como se puede ver del verso 641 al 646, lo cual causa que Elvira se someta a las demandas de su padre, o más apropiadamente dicho, a Fernán. Éste, sin embargo, se rebela contra la norma de conducta social y muestra su infidelidad en sus relaciones con Villena, al tratar de purificarse de su ofensa de honor: «Señor, dejadme / que castigue su audacia; él aquí entrando / a mí ofendió primero» (vv. 1398-1400). A eso le contesta don Enrique: «Fernán Pérez, / ya os dije que vuestra honra está a mi cargo / y ya os mandé callar. Guardias, al punto / al alcázar llevadle» (vv. 1400-1403). Y después continúa: «Por ahora, Fernán Pérez, / ya en la torre está seguro» (vv. 1450-1451). Pero Fernán Pérez traiciona la confianza de Villena cuando clandestinamente lleva un piquete para asesinar a Macías en su celda. La enorme hipocresía y cobardía de Fernán Pérez le ciegan y adopta un doble nivel de conducta, pues exige de Elvira un extricto cumplimiento con las normas del sistema que él cumple sólo cuando le conviene. De esa forma, Fernán simboliza la realización temática en reverso.

De manera similar plantea la cuestión temática don Enrique de Villena, violando la constancia por lo menos en tres instancias. Primero, con su divorcio de doña María de Albornoz por razones de sus propias ganancias materiales, rechazando su prometida fidelidad al matrimonio. Segundo, en su posición de autoridad social, quebranta su deber de lealtad a su doncel Macías, presentándole obstáculos para garantizar el retraso de su retorno a Andújar, y así impedir su matrimonio con Elvira, asegurándoselo a Fernán. Tercero, desempeña su papel de guardían del cumplimiento de las reglas de conducta social sólo, como su escudero Fernán, cuando le conviene. Por ejemplo, la norma de honor social exige que Macías y Fernán resuelvan su rivalidad en un duelo que don Enrique demanda para el día siguiente; sin embargo, a solas promete a Fernán Pérez salvarlo, en lo posible, de ese compromiso: «Yo veré si hallo algún medio / de evitar, honroso y justo, / el duelo; mas por si al cabo / no se encontrase

ninguno, / disponeos, que es valiente» (vv. 1452-1456).
Sus palabras reflejan un carácter muy similar al de Fernán Pérez, cuyo significado se basa en el nivel temático, puesto que el símbolo de la autoridad social debe
ser constante al sistema que supuestamente representa-
ta. En el importantísimo verso final del drama, la reacción de Fernán Pérez al suicidio de Elvira y la muerte
de Macías trágicamente enfatiza la irónica absurdidad
de un régimen social opresivo que fomenta engañosas
apariencias, rechazando la dignidad personal y la verdad: «Ya se lavó en su sangre mi deshonra» (v. 1966).
Larra así fundamenta el tema en los cuatro personajes
estudiados. Por una parte, Fernán y don Enrique de-
sechando la lealtad requerida del sistema, y por otra
Macías y Elvira defendiéndola, lo cual produce un
contraste que enriquece las cualidades temáticas inhe-
rentes en los actos del héroe y la heroína.

Para reconfirmar ese desarrollo temático a través de
las cuatro acciones distintas, aunque interrelacionadas,
el cambio de escenografía en cada acto aporta una pro-
gresión hacia el objetivo ideológico del drama. En el
teatro romántico, el lugar es igualmente un estímulo
visual que contribuye gráficamente a reforzar el sentido de la acción y el diálogo. En el caso de Macías,
la mutación progresiva de local es indudablemente significativa: de la habitación de Elvira, en el acto primero, se pasa a la cámara de don Enrique, en el acto segundo, y luego a la habitación de Fernán Pérez y Elvira,
en el acto tercero, para concluir en la prisión de
Macías. La acción, sin embargo, tiene lugar siempre
dentro del recinto del palacio de don Enrique de Villena, el cual representa claramente la sede de autoridad
social que protege los ritos y jerarquías implícitos en
ella. La habitación de Elvira es el lugar de soledad y

abandono que la caracterizan. La cámara de don Enrique es el trono del poder y reúne los numerosos conflictos, al mismo tiempo que anticipa el triunfo de la autoridad absoluta sobre la voluntad y el sentimiento personal. El tálamo de Fernán y Elvira agrava la tensión entre amor y deber así como el choque entre matrimonio legal, si bien equivocado, y el verdadero matrimonio por amor de Macías y Elvira que está condenado al fracaso. La imagen de tálamo evoca en cierto sentido unión y armonía. Esta última, sin embargo, sirve para enmarcar las escenas intensamente conflictivas de diálogo y sentimiento. La prisión de Macías sirve para sellar visualmente el fracaso a que están destinados los amantes, la perseverancia, la dignidad propia y la rebelión contra un sistema opresivo injusto.

VERSIFICACIÓN

Larra mantuvo en MACÍAS varios aspectos de la estructura dramática neoclásica como el mencionado caso de las tres unidades y el no mezclar prosa y verso. Además, manejó a veces los recursos dramáticos de una manera poco comunicativa y algo insípida. Incluso hay que admitir que, a pesar de ser un perspicaz crítico teatral y extraordinario prosista satírico, en su calidad de dramaturgo no alcanzó esa misma talla [32]. Los versos de esta obra son, sin lugar a duda, los mejores de su autor que, sin ser técnicamente perfectos, son trabaja-

---

[32]   Véase Francisco Ruiz Ramón, «El teatro del siglo XIX», en *Historia del teatro español,* I, 2.ª ed., Madrid, Alianza Editorial, 1971, pág. 374. Su afirmación, tomada literalmente, resulta un poco fuerte, pero tiene su grado de validez.

dos y ajustados al tema. Aunque con frecuencia les falta
el transporte lírico de la escena romántica posterior,
a veces, salen de la boca de sus protagonistas por primera vez en aquella época de los escenarios de Madrid
versos de una inspiración que luego se oirían en otras
composiciones dramáticas, como *El Trovador* o *Los
Amantes de Teruel*[33]. Eso sucede con algunos de los
estupendos pasajes de amor, como el de la escena segunda del acto cuarto en que Macías, consumido por
el dolor y la soledad, exclama desesperado en la cárcel:

> ¿Íbate, pues, tanto en la muerte mía,
> fementida hermosa, más que hermosa ingrata?
> ¿Así al más rendido amador se trata?
> ¿Cupo en tal belleza tanta alevosía?
> ¿Qué se hizo tu amor? ¿Fue todo falsía?
> ¡Cielo! ¿Y tú consientes una falsedad,
> que semeja tanto la propia verdad?
> ¡Oh! ¡Lloren mis ojos! ¡Lloren noche y día!
> Duélate, señora, mi acerbo dolor;
> ven, torna a mis brazos, ven hermosa Elvira;
> aunque haya de ser, como antes, mentira,
> vuélveme, tirana, vuélveme tu amor,
>   (vv. 1738-1745 y vv. 1758-1761).

Este monólogo entero consiste de tres coplas de arte
mayor, donde el dramatismo interno de la agitación
emocional romántica se exterioriza paralelamente en
la forma mediante esa rápida sucesión de interrogacio-
nes y exclamaciones breves. El amante se considera víctima del adverso destino que le destruye toda esperan-

---

[33] Véase Joaquín Casalduero, «La sensualidad en el Romanticismo: sobre el *Macías*», en *Estudios sobre el teatro español,* 4.ª ed.,
Madrid, Editorial Gredos, 1981, pág. 266.

za de conseguir la amada ideal, a pesar de su tentativa heroica de vencer la realidad. Le resulta inconcebible que ella, siendo la perfección absoluta, su deidad, le engañe y no le ame, según se desprende de las preguntas retóricas que esperan respuestas negativas a sus dudas sobre la sinceridad de la correspondencia amorosa de Elvira. Este recurso de utilizar las sucesiones rápidas de las formas exclamativas e interrogativas para la expresión de arrebatos emocionales y de apóstrofes vehementes es muy frecuente a lo largo de la obra, como se puede observar particularmente en el acto tercero desde la segunda escena a la séptima. Es una característica del estilo romántico, sobre todo, en su teatro.

La copla de arte mayor consta de ocho versos dodecasílabos que riman *ABBA ACCA,* las excepciones son muy raras. Los versos normalmente están divididos en dos hemistiquios con acentos fijos en la segunda y quinta sílabas de cada uno. Tampoco permite muchas libertades poéticas, nunca la sinalefa. Larra, sin embargo, ha utilizado aquí la sinalefa y otras anormalidades, como el desplazamiento del primer acento en uno o ambos hemistiquios, etc.

Si bien la estrofa en sí no tiene una significación particular para los románticos, su versatilidad, su variedad y su riqueza métricas en MACÍAS muestran que Larra se daba perfecta cuenta de su función trascendental en la expresión del dramatismo de la acción y sentimientos. En realidad, utilizó la polimetría con menos diversidad que la que se da en otros dramas románticos posteriores, pero sus estructuras métricas suelen estar en relación próxima con la temática y dinamismo de las diferentes escenas. Así, por ejemplo, para plantear la acción abre el primer acto con versos de arte menor, concretamente las escenas una, dos y tres son redondillas. Vuelve a esta misma clase de estrofas *(abba)* en el acto segundo en las escenas seis, siete, once y doce, y en redondillas están las tres escenas últimas del acto tercero, en las que se relata la vuelta de Macías, su prisión, la afirmación de Elvira que aún le ama y su determinación de librarlo de las garras de su esposo. En otras circunstancias similares se recurre a éste u otro tipo de estrofa de arte menor, como las quintillas de las escenas quinta y sexta del acto primero. Pero cuando la acción se hace más seria y trágica, entonces Larra se sirve de distintas combinaciones de arte mayor. Ya queda analizado el uso de la copla de arte mayor. También se encuentran series de endecasílabos sueltos, por ejemplo, para expresar el dolor y despecho de Elvira que, al haberse cumplido el plazo de un año de espera por la vuelta de Macías, es presionada por su padre para que aceda a casarse con Fernán Pérez, a quien no ama. Así se lo dice con llanto a Nuño en el largo diálogo de la escena cuarta del primer acto. El padre le responde con dureza que ahora es tarde ya, pues no puede romper su palabra empeñada:

> Ora yo envuelto en bandos y disturbios,
> doquiera que me aparte de Villena,
> allí el peligro. Y si aún ayer llegara
> ese mozo infeliz que te enamora,
> pudiera ser que entonces Fernán Pérez
> al pacto se ciñera; mas en vano,
> en vano le esperastes, y ora, Elvira,
> es fuerza, o dar tu mano al noble esposo,
> o al rencor exponernos y a la ira,
> y a la venganza atroz de un poderoso.
> Él mismo aquí lo dijo...
>
>   (vv. 368-378).

Ella acepta sumisa su aciago destino, al mismo tiempo que promete cumplir su promesa a Fernán Pérez fingiendo alegría y contento, pero le ruega que aplace la boda un mes más, a lo que se niega rotundamente su padre asegurándole que Macías ya está casado con otra. Entonces Elvira, celosa, expresa el deseo de casarse cuanto antes para con el despecho vengarse de su ingrato amado. Además, se tiene el romance heroico en versos endecasílabos de las escenas tercera a la séptima inclusive del acto tercero para resaltar el desarrollo del núcleo conflictivo dramático. Esta forma métrica se repite en el final de la escena tercera y en la cuarta y quinta enteras del acto cuarto. El romance es muy abundante en esta pieza, pero se trata más bien del octosilábico de rima asonante *a-a, e-a,* o alguna otra forma de asonantes.

NOTA EDITORIAL

El texto presentado de MACÍAS procede de la primera edición, publicada en Madrid por la Imprenta Repullés en 1834. Se ha utilizado el ejemplar de la biblioteca de la Michigan State University. Al mismo tiempo, se han tenido a la vista otras ediciones antiguas, como la de Hijos de Piñuela de Madrid de 1835 y la de las *Obras completas* de la Imprenta Yanes de Madrid de 1843. Igualmente se han considerado las ediciones modernas de Benito Varela Jácome y la de Carlos Seco Serrano. Con todo, aquí se mantiene el texto de 1834, modernizando las grafías, la acentuación y puntuación. Se presenta una edición de rigor científico, seria, clara y de texto fiable, pero sin pretensiones de edición crítica, que no lo es.

En el apéndice textual, que se incluye a continuación, se señalan las variantes principales en que la interesante primera edición de Buenos Aires de 1839 difiere de la de Madrid. Diferencias entre estas dos impresiones se encuentran ya en el título. La de la Argentina se titula *Macías o el doncel de Villena* en vez de *Macías. Drama histórico en cuatro actos y en verso,* como es

el caso de la primera edición de Madrid y de todas las
europeas del siglo XIX. Esto parece indicar que los editores sudamericanos relacionaban en su mente, quizá
más allá de lo que están en la realización literaria, el
drama y la novela, pues combinaron los dos títulos en
uno. Esto puede indicar que concebían ambas obras
con una contextura más coherente que la que les aporta su unidad temática. Hay que anticipar que ésta es
la variante más significativa que se da en esa edición
bonarense, que, por otra parte, casi no se diferencia
de la madrileña de 1834.

LUIS LORENZO-RIVERO
y
GEORGE P. MANSOUR

APÉNDICE TEXTUAL

En la lista que sigue se recogen las principales variantes en que la primera edición de Buenos Aires de 1839 se aparta de la primera de Madrid de 1834.

Título: *Macías o el doncel de Villena;* conserva igual el subtítulo.

357   *esperanza:* puede ser simplemente una errata.
418   *desprecies.*
643   *que tal vez:* excluye del original «de», lo cual produce una irregularidad métrica.
720   FERNÁN: que es el que pronuncia los dos últimos versos de la escena cuarta. En la primera edición de Madrid, que es la que aquí se utiliza, esos versos son dichos por don Enrique de Villena.
1239   *sólo quise.*
1490   *escúchame.*

BIBLIOGRAFÍA

PRINCIPALES EDICIONES DE «MACÍAS»

Macías. Drama histórico en cuatro actos y en verso, Madrid, Imprenta Repullés, 1834.

Macías. Drama histórico en cuatro actos y en verso, Madrid, Hijos de Piñuela, 1835.

Macías. Drama histórico en cuatro actos y en verso, Madrid, Imprenta Repullés, 1838.

Macías o el doncel de Villena, Buenos Aires, Imprenta Argentina, 1839.

Macías. Drama histórico en cuatro actos y en verso, en *Obras completas,* tomo IV, Madrid, Imprenta de Yenes, 1843.

Macías. Drama histórico en cuatro actos y en verso, en *Obras completas,* Ilustradas con grabados intercalados en el texto por don J. Luis Pellicer, Barcelona, Montaner y Simón Editores, 1886.

Macías. Drama histórico en cuatro actos y en verso, en *Obras,* Edición y estudio preliminar de Carlos Seco Serrano, tomo III, Madrid, Atlas, 1960.

Macías. Drama histórico en cuatro actos y en verso, en *El teatro español. Historia y antología,* selección de Carlos Sainz de Robles, tomo VI, Madrid, Aguilar, 1943.

Macías. Drama histórico en cuatro actos y en verso, Edición, prólogo y notas de Benito Varela Jácome, Madrid, Aguilar, 1967.

BIOGRAFÍAS Y ESTUDIOS DE CONJUNTO

ALBORG, JUAN LUIS: *Historia de la literatura española. El Romanticismo,* tomo IV, Madrid, Editorial Gredos, 1980.

ÁLVAREZ ARREGUI, FEDERICO: «Larra en España y América», en *Ínsula,* 188-189, 1962, 9.

ÁLVAREZ GUERRERO, OSVALDO: «Larra en Hispanoamérica. Larra y la generación de 1837», en *Revista de Occidente,* 5, 1967, 230-238.

BENÍTEZ, RUBÉN: «El viaje de Sarmiento a España», en *Cuadernos Hispanoamericanos,* 407, 1984, 5-34.

BOGLIANO, JORGE E.: «La descendencia de Larra. El artículo de costumbres hispanomericanas (1836-1850)», en *Primeras jornadas de lengua y literatura hispanoamericana, Acta Salmaticense,* 10, 1956, 137-144.

CANO, VICENTE: «Larra y Alberdi: Paralelos y divergencias», en *Kañina. Revista de Artes y Letras de la Universidad de Costa Rica,* 4, 1980, 41-47.

ESCOBAR, JOSÉ: «Un episodio biográfico de Larra, crítico teatral, en la temporada de 1834», en *Nueva Revista de Filología Hispánica,* 25, 1976, 45-72.

ESCOBAR, JOSÉ: «Larra durante la ominosa década», en *Anales de Literatura Española* (Universidad de Alicante), 2, 1983, 233-249.

ESCOBAR, JOSÉ: *Los orígenes de la obra de Larra,* Madrid, Editorial Prensa Española, 1973.

KIRKPATRICK, SUSAN: *Larra: el laberinto inextricable de un romántico liberal,* Madrid, Editorial Gredos, 1977.

LORENZO-RIVERO, LUIS: *Estudios literarios sobre Mariano J. de Larra,* Madrid, Ediciones José Porrúa Turanzas, 1986.

LORENZO-RIVERO, LUIS: *Larra y Sarmiento,* Madrid, Ediciones Guadarrama, 1968.

LORENZO-RIVERO, LUIS: *Larra: Técnicas y perspectivas,* Madrid, Ediciones José Porrúa Turanzas, 1988.

MARTÍN, GREGORIO C.: *Hacia una revisión crítica de la biografía de Larra (nuevos documentos),* Porto Alegre, Brasil, PUC-EMMA, 1975.

MONTILLA, CARLOS: «Tres cartas inéditas de 1837. A los 120 años de la muerte de Larra», en *Ínsula,* 123, 1957, 3.

NAVAS RUIZ, RICARDO: *Imágenes liberales. Rivas-Larra-Galdós,* Salamanca, Ediciones Almar, 1979.

ORIA, JOSÉ A.: «Alberdi "Figarillo". Contribución al estudio de la influencia de Larra en el Río de la Plata», en *Humanidades,* 25, 1936, 223-283.

RUMEAU, A.: «Le premier séjour de Mariano José de Larra en France (1813-1818), en *Bulletin Hispanique,* 64 bis, 1962, *Mélanges offerts a Marcel Bataillon,* 600-612.

SALOMON, NOËL: «A propos des éléments costumbristas dans le *Facundo* de D. F. Sarmiento», en *Bulletin Hispanique,* 70, 1968, 373-398.

SÁNCHEZ ESTEVAN, ISMAEL: *Mariano José de Larra (Fígaro). Ensayo biográfico redactado en presencia de numerosos antecedentes desconocidos y acompañados de un catálogo completo de sus obras,* Madrid, Imp. de Lib. y Casa Edit. Hernando, 1934.

TARR, F. COURTNEY: «Reconstruction of a Decisive Period in Larra's Life (May-November 1836)», en *Hispanic Review,* 1936, 1-24.

URRUTIA, JORGE: «Larra, defensor de Fernando VII», en *Ínsula,* 32, 1977, 3.

VARELA, JOSÉ LUIS: *Larra y España,* Madrid, Espasa-Calpe, 1983.

SOBRE MACÍAS

BRENT, ALBERT: «Larra's Dramatic Works», en *Romance Notes,* 8, 1967, 207-211.

CALDERA, ERMANNO: *Il dramma romantico in Spagna,* Pisa, Università di Pisa, 1974.

CALDERA, ERMANNO Y CALDERONE, ANTONIETTA: «El teatro en el siglo XIX (1808-1844)», en *Historia del teatro en España,* dirigida por José María Díez Borque, tomo 3, Madrid, Taurus, 1988.

CASALDUERO, JOAQUÍN: «La sensualidad en el Romanticismo: sobre el Macías», en *Estudios sobre el teatro español,* 4.ª ed., Madrid, Editorial Gredos, 1981.

CAZORLA, HAZEL: «Larra, crítico y creador teatral, en busca del héroe», en *Hispania,* 72, 1989, 491-497.

GARCÍA, CEFERINO: «Elvira, Hernán Pérez y Macías», en *Entre Pueblo y Corona. Larra, Espronceda y la novela histórica del romanticismo,* Ed. de Georges Günther y José Luis Varela, Madrid, Editorial de la Universidad Complutense, 1986.

ISAZA CALDERÓN, BALTASAR: «El tema del amor y de la muerte en *El Macías* y *La Celestina»,* en *Estudios Literarios,* Madrid, Industrias Gráficas de España, 1966, 159-161.

REAL RAMOS, CÉSAR: «Prehistoria del drama romántico», en *Anales de Literatura Española,* 2, 1983,
419-445.

REYNA TAPIA, JOHN: *The Spanish Romantic Theater,*
Lanham, MD, University Press of America, 1980.

RUBIO JIMÉNEZ, JESÚS: *El teatro en el siglo XIX,*
Madrid, Editorial Playor, 1983.

RUIZ RAMÓN, FRANCISCO: «EL teatro del siglo XIX»,
en *Historia del teatro español,* 2.ª ed., Madrid,
Alianza Editorial, 1971, 364-402.

RUMEAU, A.: «Una travesura de Larra o dos dramas
y una comedia a un tiempo», en *Ínsula,* 188/189,
1962, 3.

SÁNCHEZ, ROBERTO: «Between Macías and Don Juan:
Spanish Romantic Drama and the Mythology of
Love», en *Hispanic Review,* 44, 1976, 27-44.

SEMINARIO DE BIBLIOGRAFÍA HISPANICA FFLM: *Cartelera teatral madrileña I: años 1830-1839,* Madrid,
CSIC, 1961.

VANDERFORD, KENNETH H.: «Macías in Legend and
Literature», en *Modern Philology,* 31, 1933, 35-63.

VANDERFORD, KENNETH H.: «A Note on the Versifi-
cation of Larra», en *Philological Quarterly,* 13, 1934,
306-309.

MACÍAS

DRAMA HISTÓRICO
EN CUATRO ACTOS Y EN VERSO

DOS PALABRAS

He aquí una composición dramática a la cual fuera muy difícil ponerle nombre. ¿Es una comedia antigua? Ciertamente que no, pues ha nacido en el siglo XIX. Ciertamente que no, pues mal se atreviera a aspirar a la versificación y sublimidad de Lope, a la gala y caballerosidad de Calderón, al estro cómico de Moreto, al donaire de Tirso, a la pureza de Alarcón. ¿Es una comedia moderna según las reglas del género clásico antiguo? Menos. Ni es comedia de costumbres, ni comedia de carácter. Ni me propuse al imaginarla seguir las huellas de Plauto y Terencio, ni tuve al concebirla la loca osadía de imitar a Molière o a Moratín. ¿Es una tragedia como la entienden los rigurosos Aristarcos? Ni tiene la sencillez enérgica de Esquilo, ni la humilde sublimidad de Sófocles. Ni está escrita toda en verso heroico; ni es su estilo siempre altamente entonado; ni pueden reputarse sus escenas todas dignas del levantado coturno; ni son sus personajes los favoritos de Melpómene. ¿Es un drama mixto, de grande espectáculo, perteneciente al género bastardo introducido en la literatura a fines del siglo pasado? No hay en él grandes efectos levantados sobre débiles fundamentos, no hay escenas de imponente y charlatanesca fraseología, no hay tempestades, no hay horrendos crímenes. ¿Es un débil destello siquiera de la colosal y desnuda escuela de Victor Hugo o Dumas? ¿Es un drama romántico? No sé qué punto de comparación puedan establecer los críticos entre *Antony, Lucrecia Borgia, Enrique III, Triboulet* y mi débil composición. ¿Qué es, pues, MACÍAS? ¿Qué se propuso hacer el autor? Macías es un hombre que ama, y nada más. Su nombre, su lamentable vida pertenecen al historiador; sus pasiones, al poeta. Pintar a Macías como imaginé que pudo o debió ser, desarrollar los sentimientos que experimentaría en el frenesí de su loca pasión, y retratar a un hombre, ése fue el objeto de mi drama. Quien busque en él el sello de una escuela, quien le invente un nombre para clasificarlo, se equivocará. ¿Para qué ha menester un nombre? ¡Ojalá no se equivoque también quien busque en MACÍAS alguna escena interesante, tal cual sentimiento arrancado al corazón, un amor medianamente expresado y un desempeño feliz!

PERSONAS

Don Enrique de Villena, *Maestre de Calatrava.*
Macías, *su doncel.*
Elvira.
Fernán Pérez de Vadillo, *hidalgo, escudero de don Enrique*
Nuño Hernández, *padre de Elvira.*
Beatriz, *dueña joven de Elvira.*
Rui Pero, *camarero de don Enrique.*
Fortún, *escudero de Macías.*
Alvar, *criado de Fernán Pérez.*
Un Paje, *de don Enrique.*
Dos Pajes, *que no hablan.*
Hombres armados.

La época es en uno de los primeros días del mes de enero de 1406.

La escena es en Andújar, en el palacio de don Enrique de Villena.

ACTO PRIMERO

Habitación de ELVIRA. *Puertas laterales y foro.*
Adorno del tiempo.

(Al descorrerse el telón aparece NUÑO HERNÁNDEZ
abriendo la puerta del foro e introduciendo en la escena
a FERNÁN PÉREZ.*)*

ESCENA PRIMERA

FERNÁN PÉREZ, NUÑO HERNÁNDEZ

NUÑO

Venid conmigo, el hidalgo;
en esta cámara entremos,
donde con secreto hablemos.
¿Me habéis menester en algo?
Tomad,

---

² *cámara:* estancia, dependencia, sala de palacio, habitación.
El aposento interior y retirado, donde regularmente se duerme.
También puede significar cualquier pieza de la casa.

(Le da una silla)

que me haréis favor.   5

FERNÁN

Me obliga esa cortesía.

(Siéntase)

NUÑO

En esta cámara mía
podéis hablar sin temor.
Mi hija salió de mañana,
como de costumbre tiene,   10
al templo; así, nadie os viene
a turbar.

(Se sienta)

FERNÁN

          De buena gana.
Hoy, Nuño Hernández, expira
el plazo que me pusisteis,
en el cual me prometisteis   15
darme la mano de Elvira.
Un año es ya transcurrido...

---

⁶ *obliga:* según dice el *Diccionario de Autoridades,* mover
eficazmente a alguna cosa.
¹² *turbar:* alterar, inmutar.

NUÑO

Lo sé.

FERNÁN

¿Y bien?

NUÑO

Seguid.

FERNÁN

Y vengo,
por el afecto que os tengo,
a acordar lo prometido.   20
Me dijisteis que a Macías,
ausente, vuestra hija amaba,
y aun yo sé que le aguardaba
en Andújar estos días.
Mas que si por buena estrella   25
en un año no volvía,

---

21 *Macías:* trovador español en lengua gallega y en castellano.
Célebre por sus desafortunados amores, por lo que se le llama «el
Enamorado». Se convirtió en personaje literario (novelesco) después
de su muerte.
24 *Andújar:* ciudad en la provincia de Jaén con importante in-
dustria de aceite y fábrica para la concentración de uranio. Actual-
mente tiene más de 35.000 habitantes. No se anotará en lo sucesivo.
25 *buena estrella:* buena fortuna, próspera fortuna, buen destino, buena suerte. Alude a la influencia que se suponía tenían los astros en la conducta humana: alguna estrella beneficiosa para Fernán Pérez ha impulsado a Macías a no regresar dentro del plazo
marcado de un año. No se anotará en lo sucesivo.

luego mi esposa sería,
mal que le pesase a ella.
Que no ha vuelto es cosa clara;
que no ha de volver, también;   30
y el que a vos os está bien
tal boda, ¿quién lo dudara?
Vos sois tan sólo un criado
que a don Enrique servís;
si de cerca le asistís   35
lo debéis a mi cuidado.
Soy su privado y su amigo,
y esto en tanto grado, Nuño,
que nada firma su puño
sin consultarlo conmigo.   40
Yo, además, soy caballero,
hidalgo de alta nobleza,
y acostamiento Su Alteza
me da por ser su escudero.
Vos y vuestra gente toda   45
villanos sois, con lo que algo

---

28   *mal que le pesase:* según dice el *Diccionario de Autoridades,*
modo de hablar con que se demuestra la resolución en que se está
de hacer una cosa aun contra la voluntad y gusto de otro. Aun contra su voluntad (la de Elvira).
36   *cuidado:* solicitud, diligencia, atención.
37   *privado:* valido, íntimo. No se anotará en lo sucesivo.
38   *en tanto grado:* en tal calidad, en tal medida.
43   *acostamiento:* sueldo, estipendio. Según dice el *Diccionario
de Autoridades,* en la edad media, remuneración o estipendio que
se recibía de un señor y que obligaba a prestar ciertos servicios de
armas.
44   *escudero:* el paje o criado que lleva el escudo al caballero en tanto que no pelea con él. También el que tenía sueldo de los
señores y personas de distinción y que por este motivo estaba obli-
gado a asistirles y cuidarles en las ocasiones y tiempos que se le se-
ñalaban.

se os ha de pegar de hidalgo
y de noble en esta boda.
Si sois más rico de hacienda,
justo es que compréis con oro   50
lo que ganáis en decoro,
y que yo caro me venda.
Porque con villana y pobre,
por mujer, no he de casarme,
que mujer no ha de faltarme   55
mientras el poder me sobre.
Mire, pues, qué le conviene,
y en lenguaje liso y claro
hágame cualquier reparo,
si alguno que hacerme tiene;   60
que si no, la enhorabuena
hoy Andújar os dará,
y mi padrino será
don Enrique de Villena.
Decir «no» fuera mancilla;   65
ved que soy privado fiel

---

64   *Enrique de Villena:* el marqués de Villena, don Enrique de
Aragón (1384-1434). Fue primo del rey don Enrique III el Doliente
y famoso noble y escritor. Descendía por parte de padre de los reyes
de Aragón y Cataluña, siendo su madre una hija bastarda del rey Enrique II de Castilla. Abandonó las armas para dedicarse al estudio
de las ciencias y las artes, sobresaliendo en la alquimia, en la astrología y en las matemáticas. Eso le ganó fama de nigromante. Le casaron con doña María de Albornoz, pero fue un matrimonio muy
desafortunado y el marqués la divorció. Entonces ingresó en la Orden
de Calatrava sin pasar por el noviciado y fue elegido gran maestre
de la orden en 1404 a la muerte del maestre don Gonzalo Núñez de
Guzmán. En 1414, después de largos pleitos, el capítulo general lo
desposeyó del cargo. El Papa también anuló su divorcio. No se anotará en lo sucesivo.
65   *mancilla:* deshonra, mancha, mácula.

de don Enrique, y es él
tío del rey de Castilla.
Tal vez claro en demasía
soy aquí, mas el rebozo   70
me excusa el poder que gozo,
que el poder da altanería.

NUÑO

Con atención escuché,
hidalgo, vuestras razones;
que más bien reconvenciones   75
me parecieron a fe.
¿Por qué agraviado os decís?
Yo cumplo lo que prometo,
y si no es otro el objeto
por qué a buscarme venís,   80
satisfecho habéis de estar;
todo mi afecto lo allana:
y en esta misma mañana,
Fernán, os podréis casar.
Si Elvira ya no olvidó   85
el amor que en otros días
sintió por aquel Macías,

---

68 *tío del rey de Castilla:* es una pequeña inexactitud histórica.
Como hijo de don Pedro de Aragón y doña Juana, hija bastarda del
rey don Enrique II el de las Mercedes, era primo del rey de Castilla.

70 *rebozo:* pretexto, simulación.

72 *altanería:* arrogancia, orgullo, soberbia, presunción, altivez.

75 *reconvenciones:* acción y efecto de reconvenir, censurar o
reñir a alguien.

77 *agraviado:* ofendido, perjudicado.

82 *allana:* triunfa sobre un obstáculo o dificultad. Violar el do-
micilio particular de alguien. Amoldarse a las circunstancias.

haré que lo olvide yo.
Ni yo nunca al tal mancebo
quise por yerno.

FERNÁN

   ¡Pues bravo   90
yerno granjeabais, que al cabo
ingenio tiene!

NUÑO

   Yo llevo
puesta más alta la idea.
Tal pena, pues, no os aflija,
que al fin, si es mujer mi hija,   95
fuerza es que mudable sea;
y si no es muy bien criada,
y, sea dicho entre los dos,
a no serlo, ¡vive Dios!,
que la hiciera escarmentada.   100

FERNÁN

¡Oh!, ni eso le ha de imponer
al noble que se ha casado.
Yo os prometo que a mi lado
será honrada mi mujer.
Además de que se suena   105

---

 89 *mancebo:* joven, soltero, mozo, muchacho.
 92 *ingenio:* facultad o potencia en el ser humano con que sutil-
mente discurre o inventa trazas, razones y argumentos.
 105 *se suena:* se divulga, se pregona, se propaga.

que el tal mozo en Calatrava,
donde en comisión estaba
por el marqués de Villena
para el clavero de la orden,
se casó, o se casa ya.   110
Y aunque así no fuera, acá
no puede, sin contraorden
del marqués, volver; y no
se le ha de enviar ésta, Nuño,
pues que de mi propio puño   115
la tengo de sellar yo

NUÑO

¡En buena hora! De ese modo
a Elvira he de disponer,
y cuando hayáis de volver
prevenido estará todo.   120

FERNÁN

En ser breve haréisme gusto.
Y ahora, pues, que convenidos

---

106   *Calatrava:* campo en el sureste de la provincia de Ciudad
Real que forma parte de La Mancha, donde se encuentra la ciudad
de Puertollano. También la Orden Militar de Calatrava de origen
castellano, fundada por monjes y caballeros en 1158 en la fortaleza
de Calatrava (Ciudad Real). Fue reconocida por el papa Alejan-
dro III en 1164. Adoptó la regla del Cister e intervino en la recon-
quista, obteniendo grandes dominios territoriales en los diversos rei-
nos de la península ibérica.
109   *clavero:* dignatario que tenía a su cargo un castillo o convento.
122   *convenidos:* según dice el *Diccionario de Autoridades,* ser de
un mismo parecer y dictamen.

estamos, y están unidos
nuestros intereses, justo
será que la confianza   125
haga de vos, si os parece,
que os prometí, y que merece
nuestra próxima alianza.
No ha mucho que fue nombrado
maestre de Calatrava,   130
que ha tiempo vacante estaba,
el de Villena llamado,
pero más bien don Enrique
de Aragón, a quien servís;
mas no sin que un tal don Luis   135
de Guzmán se enoje y pique,
quien por ser comendador
lo pretendía al presente,
y ser próximo pariente
del buen maestre anterior.   140
Tiene don Luis gran partido,
y hará más, porque le ampara
el conde de Trastamara,
y, según tengo entendido,
el prelado de Toledo,   145

135-136   *Luis de Guzmán:* a la muerte de don Gonzalo Núñez de
Guzmán, fue votado gran maestre en 1404 por varios caballeros. La
mayoría, sin embargo, votó por don Enrique de Aragón, el marqués
de Villena. Esto creó un pequeño cisma dentro de la orden.

137   *comendador:* el segundo cargo en importancia en las órdenes militares, después del maestre. Don Luis de Guzmán era el comendador de Calatrava que había pretendido ser maestre en lugar
de don Enrique de Villena.

143   *conde de Trastamara:* don Enrique (1333-1379) era el mayor
de los hijos bastardos del rey Alfonso XI con doña Leonor de Guzmán, a pesar de que don Fadrique era hermano gemelo suyo. Fue
nombrado conde de Trastamara cuando todavía era muy niño. En
1350, subió al trono el heredero legítimo, su hermano don Pedro I
el Cruel. Don Enrique reclamó sus derechos al trono y hubo dis-

y Benavente también;
y es claro que bien a bien
no se saldrá de este enredo.
Alega don Luis Guzmán
que don Enrique es casado;   150
mas éste ha solicitado
el divorcio; en esto están.
Don Enrique es ambicioso,
y a toda costa pretende
que el derecho que defiende   155
salga en pleito ganancioso;
a más con la de Albornoz,
su mujer, mal se llevaba,
y esta ocasión deseaba,
según es pública voz;   160
así supone y confiesa
causas ocultas, por donde
a ninguno se le esconde
que saliera con su empresa.
Pero contra ese deseo,   165
que todo es falso se suena,
y también que el de Villena

_____

cordias entre los dos hermanos. Después de varios arreglos y suble-
vaciones, don Enrique dio muerte a su hermano don Pedro en los
campos de Montiel y se proclamó rey con el nombre de don Enrique II el de las Mercedes.
[146]   *Benavente:* el duque de Benavente, don Fadrique, tío de Enrique III el Doliente y miembro del consejo de su regencia.
[157]   *Albornoz:* se refiere a doña María de Albornoz, joven noble
y rica, esposa de don Enrique de Villena, de la que se divorció.
[164]   *empresa:* intento, acción ardua y dificultosa que valerosa-
mente se comienza, obra llevada a efecto.

lo de Cangas y Tineo
falsamente ha renunciado
con fraude en el mismo rey,   170
porque a la orden, como es ley,
no se adjudique el condado.
Ya entendéis que es cosa clara
que pierde la pretensión,
y el favor y protección,   175
que goza, si esto se aclara.
El don Luis está en Arjona,
dos leguas no más de aquí;
y dicen que vino allí
por ver al rey en persona.   180
Es, pues, preciso que alguno
vaya presto allá, y, mañoso,
le proponga un medio honroso
que zanje el pleito importuno.
Por lograr designio tal   185
Villena le hará cesiones
en sus mismas posesiones
que no han de sonarle mal;
y si vos entráis en eso
con don Enrique hablaréis,   190
y de él mismo tomaréis
instrucciones de más peso.

---

168   *Cangas y Tineo:* referencia a Cangas de Tineo y Tineo,
ambas son cabezas de partidos judiciales limítrofes en la provincia
de Oviedo. Las dos fueron villas señoriales situadas en sendos valles
en un territorio muy montañoso de la cuenca del Narcea. En 1553,
se dictó sentencia declarándolas pertenencia de Sus Majestades, lo
que libertó a Tineo de derecho señorial.
177   *Arjona:* villa de la provincia de Jaén que pertenece al partido judicial de Andújar, donde tiene lugar la acción de este drama.
182   *presto:* pronto, diligente.
186   *cesiones:* renuncia de alguna posesión.

Que a ninguno conocemos
en esta sazón los dos
más útil y apto que vos   195
para el fin que pretendemos.
Y os advierto que si acaso
sale mal vuestra embajada
aunque fuese a mano armada
hemos de salir del paso.   200
Ved, pues, si os conviene a vos
este cargo, y si el secreto
sabréis guardar.

NUÑO

                    Yo os prometo,
que no riñamos los dos.

FERNÁN

Está bien; y esto ha de ser   205
hoy mismo, pues sin demora
a Toledo hay que ir ahora,
donde el rey piensa volver,
luego que en Madrid se acabe
el alcázar que hace allí.   210

NUÑO

¿No estaba en Sevilla?

---

[194]   *sazón:* ocasión, tiempo oportuno.

FERNÁN

Sí
Mas vuelve, según se sabe;
que ha caído en la catedral
un rayo, estando él en ella;
y dicen que es mala estrella   215
del rey, y que grave mal
le presagian para este año
dos astrólogos de nombre.

NUÑO

¿Y el tal rayo hirió algún hombre,
o hizo por ventura daño?   220

FERNÁN

Hizo poco

NUÑO

¡Cosa extraña!

FERNÁN

Herir a nadie, no hirió;
mas descompuso el reló,
que es el único de España.
Hay, pues, que ir hasta Toledo,   225
y no hay tiempo que perder...

---

223   *reló:* forma requerida por la rima, con caída de la j final
(reloj).

NUÑO

Está bien; hoy se ha de hacer,
y yo en el encargo quedo.

(Se levantan)

Decidlo así a don Enrique.

FERNÁN

Y a más...

NUÑO

    A Elvira he de hablar,   230
y ya os puedo asegurar
que haré que no me replique.

FERNÁN

Pues adiós.

NUÑO

    No, deteneos.
Alguien llega aquí. Ellas son.
Ved que dichosa ocasión.   235
No os vayáis; aparte haceos.
De su labio habéis de oír
la respuesta que me dé.

FERNÁN

¡Feliz acaso!

NUÑO

Yo sé
que contento habéis de ir.   240

ESCENA II

FERNÁN PÉREZ, NUÑO HERNÁNDEZ, ELVIRA, BEATRIZ

*(Los dos primeros se han hecho algo atrás, y hablan
entre sí sin oírlas. ELVIRA y BEATRIZ se quitan los man-
tos al entrar, y hablan los primeros versos sin verlos.)*

BEATRIZ

Llega, señora; y en casa
desahoga tu dolor.
Llora el desdichado amor
que el tierno pecho te abrasa.
Que aunque te cubriera el manto   245
no faltó quien lo advirtiera
en la misa.

ELVIRA

¡Suerte fiera!

---

246   En la edición original las palabras «en la misa» forman una
parte de este verso cuando en realidad corresponden al comienzo del
verso 247, que es cómo se divide en la presente edición. Se considera una errata de imprenta.
247   *Suerte fiera:* suerte cruel, suerte aciaga, suerte desgraciada.

BEATRIZ

¿No darás treguas al llanto?

ELVIRA

¿No he de llorar, ¡desdichada!,
si ya no vuelve Macías,   250
y dentro de pocos días
por mi palabra empeñada
vendrá Fernán Pérez?

BEATRIZ

                    Señora,
ved que os oyen. Aquí están.

ELVIRA

¡Ah! ¿Cómo oculto el afán   255
que el corazón me devora?

NUÑO

(A FERNÁN)

Nos vio ya.

---

[248] *darás treguas:* en sentido figurado equivale a «suspenderás», «interrumpirás».

[253] En la impresión original utiliza «Hernán Pérez», quizá por razones de necesidades métricas. «Fernán Pérez» numéricamente en esa posición aumenta al verso una sílaba. Dentro del texto hay más casos que favorecen esta explicación; sin embargo, en el verso 878 el texto original repite «Hernán» al comienzo. En esta situación no hay razón métrica o de ninguna otra clase. Lo mismo sucede en otros versos posteriores. En esta edición se usará siempre «Fernán Pérez» que es el personaje que corresponde a la pieza aunque cambie la métrica.

[255] *afán:* fatiga, congoja.

FERNÁN

(A NUÑO)

Llegad.

ELVIRA

(A NUÑO)

¡Señor!

NUÑO

¡Elvira, hija mía!

ELVIRA

¿Aquí
vos tan de mañana?

NUÑO

Sí:
Y a acreditarte el amor   260
vine, que siempre te tuve.
Hoy se cumple...

ELVIRA

(Con dolor)

¡Ya os entiendo!

NUÑO

No me pesa. Aquí estáis viendo
al noble hidalgo que os sube
a tanto honor.

FERNÁN

Tan hermosa   265
sois, asombro del sentido,

que le tuviera perdido
si vuestra mano preciosa
no anhelara.

ELVIRA

(Contristada)

Sois por cierto
muy galán.

FERNÁN

Y vos muy bella.   270

ELVIRA

(¡Maldita belleza! ¡Estrella
maldita mía!)

FERNÁN

¿Qué advierto?
¿Os turbáis?

NUÑO

(A ELVIRA*)*

Repara, mira...

---

270   *galán:* equivale a «galante», que quiere decir: atento.

ELVIRA

(Violentándose)

No es nada: el gozo... (Beatriz
sostenme: ¡ay de mí, infeliz!)   275

NUÑO

(¿Qué es esto? ¡Pardiez!) Elvira,
vos misma el plazo os pusisteis
de un año, y...

ELVIRA

(¡Ay! ¡Quién creyera
que en un año no volviera!)

NUÑO

Vos la palabra nos disteis...   280

ELVIRA

No habléis más, señor, en eso;
si mi palabra empeñé,
mi palabra cumpliré.
(¡Y aunque muera, ingrato!)

---

281   *No habléis más... en eso:* según dice el *Diccionario de Autoridades,* frase que se dice cuando se da una cosa ya por hecha y ajus-
tada. *El Diccionario de Barcia,* expresión con que se corta alguna
conversación, o se compone y se da por concluido un negocio o dis-
gusto tenido entre algunos.

NUÑO

(Un peso
grave me quitó.)

(A FERNÁN PÉREZ)

                Ya vos   285
lo escuchasteis de su boca.

FERNÁN

A mí lo demás me toca.
Descuidad: presto, por Dios,
volveré.

(A ELVIRA)

                Vos en mi priesa
sí estimo conoceréis   290
lo dichoso que me hacéis.

ELVIRA

(Reprimiéndose)
Id con Dios.

NUÑO

(Acompañándole a la puerta)
                Los dos a vuesa
merced quedamos atentos.

284-285   *Un peso grave:* una preocupación grande.
289   *priesa:* forma antigua *(prisa),* prontitud, ahogo. No se anotará en lo sucesivo.
292-293   *vuesa merced:* expresión de uso frecuente antiguamente
con el pronombre personal en forma sincopada *(vuestra).*

FERNÁN

Quedaos. Vuestra atención
sobra.

NUÑO

¡Oh! Ya es obligación.   295

FERNÁN

Remitid los cumplimientos.

(Vase, despidiéndole NUÑO *a la puerta.*
ELVIRA, *al ver marchar a* FERNÁN PÉREZ,
le sigue con la vista, y cuando ya ha salido
se arroja sobre un sillón inmediato y rompe
a llorar. NUÑO *vuelve.)*

ESCENA III

ELVIRA, BEATRIZ, NUÑO

ELVIRA

¡Que esto me suceda! ¡Ingrato!

BEATRIZ

Señora, templad el lloro.

---

298   *templad:* moderad, sosegad, contened.

ELVIRA

¡Ah!, en balde por mi decoro
de ahogarle en el pecho trato.   300

NUÑO

(Viéndola)

(¿Qué es esto)

(A BEATRIZ*)*

            Vos, despejad.
Presto.

ELVIRA

        Dejadme el consuelo
que su cariño y su celo
me prestan, y perdonad
si os lo ruego.

NUÑO

(A BEATRIZ*)*
        Idos.

ELVIRA

                (¡Qué empeño   305
de hablarme a solas!)

---

304   *me prestan:* me dan.

NUÑO

(A BEATRIZ)
¿Qué hacéis
que no os vais? ¿No obedecéis?

BEATRIZ

(A ELVIRA)

¡Señora!

ELVIRA

(¡Qué airado ceño!)

(A BEATRIZ)

Vete ya.

NUÑO

(A ELVIRA)
¿Y por qué antes no?
¿Esto con mis gentes pasa?   310

ELVIRA

Como es mi dueña...

NUÑO

En mi casa
nadie manda más que yo.

---

308   *airado ceño:* enojo, iracundia.

ESCENA IV

ELVIRA, NUÑO

(ELVIRA *echa una ojeada de dolor a* BEA-
TRIZ, *que desaparece lentamente: se levanta y queda apoyada con una mano en el
sillón y enjugándose con la otra las lágrimas, que trata de reprimir con un esfuerzo violento.* NUÑO HERNÁNDEZ, *cruzado
de brazos, parece esperar a que rompa el
silencio, o reconvenirla con el suyo.* ELVI-
RA *se acerca al fin, y cogiendo las manos
de* NUÑO *dice los versos siguientes.)*

ELVIRA

¡Perdóname, señor, si hoy más que nunca
presente aquel amor en la memoria
en vano lucha por borrar del pecho   315
la esperanza engañada! Yo más fuerzas
encontrar en mí propia presumía
cuando el plazo pedí: mas, ¡ay!, yo nunca
pensé que él de mi amor se olvidaría.
Mira mi corazón, débil juguete   320
de una pasión tirana, inextinguible,
y tú mismo dirás si verme puedo
al yugo extraño del que nunca quise
en eternales vínculos unida,
tranquila y sin llorar. ¡Vínculos tristes   325
que antes de unirme acabarán mi vida!

---

324   *eternales:* eternos. Es una forma culterana de muy poco uso
en la época de Larra.

¿Yo al pie del ara con perjuro labio,
ante un Dios que a los pérfidos castiga,
eterno amor le juraré a un esposo
que me roba mi bien, y por quien siento   330
odio tan sólo?

NUÑO

¡Elvira!

ELVIRA

Sí, perdona.
Soy mujer, y soy débil: ni depende
ser más fuerte de mí. Yo bien quisiera
en mi encerrado pecho sepultando
tanto culpable amor, que nada el mundo   335
del volcán que me abrasa trasluciera;
y, ahogando mi dolor durante el día,
que mis lágrimas tristes, por la noche,
en el oculto lecho derramadas,
entre la soledad y las tinieblas   340
pasión tan grande que olvidar no logro,
en eterno silencio confundiesen.
Mas, ¡ay! que no está en mí. Ya, mal mi grado,
rompe mi lloro, en mi dolor inmenso
el dique que hasta aquí lo ha sujetado   345

NUÑO

¿Y éstas son tus palabras, y éste el fruto
de un año de indulgencia y de esperanza?

---

343   *mal mi grado:* locución antigua, mal de mi grado, a pesar
mío, aunque no quiera.

¿Por qué cuando tu padre bondadoso
la elección a tu arbitrio, y aun del plazo
el decidir el término dejaba,   350
si tan mísera y débil te veías,
no dijiste: «Señor, nunca en mi pecho
otro amor reinará que el de Macías?»
Aún era tiempo entonces. Yo al hidalgo
contestara resuelto: «Fernán Pérez,   355
excusad vuestro amor, y no adelante
paséis en esperanzas; nunca Elvira
vuestra esposa será.» No consintiera
Fernán Pérez al menos. ¡Cuántas veces
os recordé los riesgos que esa loca   360
temeraria imprudencia causaría!
Buscáramos la dicha y el contento
del cortesano estruendo separados
en nuestro patrio hogar. Tú, Elvira, entonces,
allá feliz con tu feliz esposo,   365
del mundo retirada, gozarías
de ese implacable amor.

ELVIRA

¡Ah, padre mío!

NUÑO

Ora yo envuelto en bandos y disturbios,
doquiera que me aparte de Villena,
allí el peligro. Y si aún ayer llegara   370

---

368   *Ora:* aféresis «ahora». También puede ser conjunción: ya.
No se anotará en lo sucesivo.
369   *doquiera:* dondequiera. Generalmente hoy no se usa más que
en poesía alguna vez. No se anotará en lo sucesivo.

ese mozo infeliz que te enamora,
pudiera ser que entonces Fernán Pérez
al pacto se ciñera; mas en vano,
en vano le esperastes, y ora, Elvira
es fuerza, o dar tu mano al noble esposo,   375
o al rencor exponernos y a la ira,
y a la venganza atroz de un poderoso.
Él mismo aquí lo dijo...

ELVIRA

¡Padre mío!
Si yo imprudente fui, si harto confiada,
eso lloro, no más, y ya imposible   380
me fuera no llorar; mas mis promesas
sabré cumplir...

NUÑO

¿Y juzgas que llorando,
turbada, sin amor, violenta, fría,
te verá con placer, y al pie del ara
te arrastrará por fuerza el noble hidalgo?   385
¿Tan necio le imaginas por ventura?
¡Inútil esperanza! No; en su enojo
del desprecio irritado que en ti viere,
mil trazas buscará para ofendernos.
¿Dó su poder no alcanza? Perseguido,   390
si no muero a sus manos, dondequiera.

---

373 *se ciñera:* se amoldara, se concretara.
374 *esperastes:* esperaste. Forma antigua con la -s final añadida.
Estaba fuera de uso ya en la época de esta obra.
389 *trazas:* modos, invenciones, recursos.
390 *Dó:* dónde, adónde. Generalmente ahora sólo se usa en poesía alguna vez.

ELVIRA

Basta, señor, mi llanto reprimiendo,
alegre faz le mostraré. (¡Dios mío!);
tan sólo un mes os pido, porque pueda
el agitado espíritu...

NUÑO

                      ¡Imposible!   395
¿Más plazos me pedís? Hoy, sin remedio...

ELVIRA

¿Qué escucho, santo Dios?

NUÑO

                      Y bien, ¿qué esperas?
¿Piensas que, aunque por fin cumplido el plazo,
ese tan tibio amante perezoso
pidiéndome tu mano me ofreciera   400
los tesoros de Creso, la palabra
que di solemnemente olvidaría,
y en la boda mi honor consentiría?
En fin, ya de una vez, hija, es forzoso
decirlo todo aquí. ¿Qué de ese enlace   405
descabellado esperas? ¿El mancebo
quién es, y cuáles timbres, qué blasones
le ilustran a tus ojos?

---

[401] *Creso:* rey de Lidia, célebre por sus riquezas. Figurativamen-
te así se le llama al que posee grandes riquezas.
[406] *descabellado:* lo que va fuera de razón.

ELVIRA

¿Y yo acaso
nací, señor, princesa?

NUÑO

Mas, ¿qué bienes
son los suyos, Elvira? ¿Caballero   410
y no más? ¿Hombre de armas, o soldado?
¿Mal trovador, o simple aventurero?

ELVIRA

¡Eso no! Si no os place, nunca, nunca
me llamará su esposa, ni cumplida
veré jamás tan plácida esperanza.   415
Pero al menos sed justo: sus virtudes,
su ingenio, su valor, sus altos hechos
no despreciéis, señor. ¿Dónde están muchos
que a Macías se igualen, o parezcan?
De clima en clima, vos, de gente en gente   420
buscadlos que le imiten solamente.
¿Su ardimiento? ¿Vos mismo no le visteis
ha un año, poco más, en Tordesillas
los premios del torneo arrebatando,

---

[422] *ardimiento:* valor, intrepidez, denuedo.

[423] *Tordesillas:* ciudad típica castellana de la provincia de Valladolid, situada a la orilla del río Duero. Aquí vivió doña Juana la Loca en un palacio que fue mandado demoler en 1771 por hallarse en ruinas.

[424] *torneo:* fiesta pública entre caballeros armados unidos en cuadrillas, que entrando en un circo dispuesto a este fin, escaramuceaban dando vueltas alrededor, a imitación de una reñida batalla.

cuando el rey don Enrique el nacimiento   425
celebraba del príncipe? ¿Cuál otro
más sortijas cogió, corrió más cañas?
¿Quién supo más bizarro en la carrera
hacer astillas la robusta lanza?
¿Quién a sus botes resistió? ¿Quién tuvo,   430
el animoso bruto gobernando,
más destreza o donaire? Pedro Niño,
el mismo Pedro Niño vino al suelo,
del arzón arrancado, a su embestida,
y la arena besó. ¿Pedísle hazañas?   435
El Algarbe las diga, que aún las llora;

---

425 *Enrique:* se refiere al mencionado rey don Enrique III el Doliente.
427 *sortijas:* ejercitar el ejercicio de destreza que consiste en en-
sartar en la punta de la lanza o de una vara, y corriendo a caballo,
una sortija pendiente de una cinta a cierta altura.
427 *cañas:* fiesta de a caballo en que diferentes cuadrillas hacían
varias escaramuzas, arrojándose recíprocamente las cañas de las que
se reguardaban con las adargas.
428 *bizarro:* valiente.
430 *botes:* golpes que se daban con ciertas armas enastadas,
como lanza o pica.
432 *destreza:* habilidad, arte, primor o propiedad con que se hace
una cosa.
432 *donaire:* gallardía, desenvoltura, soltura.
432 *Pedro Niño:* conde de Buelna que vivió en la época de Enrique III. Fue famoso jinete y muy diestro en lidiar toros, lo mismo
en Castilla que en Francia. Fue perseguidor de corsarios, aliado de
Carlos VII de Francia y protagonista de la obra de Gutiérre Díez
de Gómez *El Victorial,* escrito entre 1435 y 1448.
434 *arzón:* fuste delantero o trasero de la silla de montar.
436 *Algarbe:* la región más sur-occidental de la península ibérica. Comprendía desde la mitad de Andalucía hasta la costa occidental
del Atlántico. En España ya sólo quedan dos arroyos llamados «de
Algarbe», uno en Córdoba y otro en Sevilla y Huelva. En Portugal,
se sigue llamando Algarve la más pequeña y la más sureña de sus
ocho provincias.

y el campo de Baeza, donde escritas
su espada las dejó con sangre mora.
y en fin, su ingenio, si el ingenio vale,
vos más que yo le conocéis; vos mismo   440
con él ibais también cuando Villena
a Aragón le llevó, donde hizo alarde,
en el dialecto lemosín, del suyo;
donde en los juegos mereció de Flora
el premio y la corona, que a mis plantas   445
vino a ofrecer después. ¡Cuántas cantigas
de él corren en la corte, que la afrenta
de los ingenios son, y de las damas
el contento y placer! ¿Y ése es, decidme,
ése el mal trovador y aventurero,   450
ése el simple soldado? Padre mío,
si eso no es ser cumplido caballero,
si eso es ser villano, yo villano
a los nobles más nobles le prefiero.

NUÑO

¿Qué pronuncias, Elvira? ¿En mi presencia   455
tú a ensalzarle te atreves, necia y loca?
Ya inútilmente la indulgencia empleo.
Serás de Fernán Pérez; a él mis dichas,

---

437 *Baeza:* municipio de la provincia de Jaén con la ciudad del
mismo nombre, situada a la margen derecha del río Guadalquivir.
Fue plaza fuerte y tuvo universidad que rivalizó con la de Salamanca.

443 *lemosín:* lengua que hablan los lemosines o habitantes de Li-
moges y su provincia.

444 *Flora:* diosa de las flores, antigua divinidad de la Italia
central.

447 *afrenta:* vergüenza, deshonor.

452 *cumplido:* completo.

mi gloria y mi favor, mi honra y mi suerte,
todo en fin, se lo debo; y don Enrique   460
me hospeda en su palacio, y dondequiera
me distingue por él. ¿Seréle ingrato?
A la suya mi suerte está enlazada,
hoy en Andújar y mañana en Burgos,
en Madrid, en Sevilla, con la corte,   465
poderoso o caído; los secretos,
que entrambos en mi pecho depositan,
con ellos al poder también me elevan,
con ellos a mi fin me precipitan.
No más rebozo ya; tú de ese hidalgo   470
hoy la mujer serás.

ELVIRA

¡Señor!

NUÑO

¡O elige
mi eterna maldición!

ELVIRA

¡Ah!, no; yo esposa
de Fernán Pérez seré.

NUÑO

Vuelve a los brazos
de tu padre, que aún te ama y te perdona.

---

467 *entrambos:* así se decía antiguamente para indicar «ambos».

¿Ni qué otra cosa hicieras, hija mía,   475
que mejor te estuviese? ¿Por ventura
pasar en llanto eterno resolviste
tu juventud brillante, marchitada,
en triste desamparo sumergida
por desprecios del falso que te olvida?   480
¿Merece ni una lágrima ese noble,
cuya virtud ensalzas y pregonas,
que al juramento falta y a su dama?

ELVIRA

¡Piedad de mí, por Dios!

NUÑO

            ¿Y es caballero?
Cuando tu propio padre y tu fortuna   485
le inmolabas, ¡ay, triste!, ¿no sabías
que en Calatrava, acaso, está con otra
ya casado ese pérfido Macías?

ELVIRA

(Fuera de sí)

¿Casado? ¿Y lo sabéis vos?... ¡Santo cielo!

NUÑO

Nadie lo ignora en el palacio y...

ELVIRA

                ¿Nadie?   490

¿Y posible será? Mas, ¡ay!, ¿qué dudo?
¿Ni qué prueba mayor que su tardanza?
Si no fuese verdad, vivir pudiera
lejos de Elvira un año? ¿Es cierto? ¿Y estos
tus juramentos son, tu amor ardiente?   495
¡Otra mujer! ¡Ah! Presto, padre mío,
mis bodas disponed; ya a vuestra hija,
no tan sólo obediente, mas gozosa,
y aun alegre veréis. ¡Ah! ¡Fementido!
Ya quiero a Fernán Pérez, ya le adoro   500
Presto, corred, buscadle, referidle
mi despecho, señor, y esta mudanza;
que su esposa seré, que ya el contrato
puede cerrarse al punto, luego, ahora...

                        NUÑO

¡Hija querida!

                        ELVIRA

                ¡Oh, cuánto tarda, cuánto,   505
el instante feliz de la venganza!

                *(Se enjuga las lágrimas rápidamente,
                afectando serenidad.)*

                        NUÑO

Sí, sí, cálmate, Elvira, que ninguno
los surcos de tus lágrimas conozca.

---

⁴⁹⁹ *Fementido:* falto de fe y palabra. Término formado de fe y
mentir, porque miente o falta a la fe o palabra.
⁵⁰² *mudanza:* inconstancia en amores.

Tú a la vida me vuelves, hija mía;
corro a anunciarle tan alegres nuevas   510
al hidalgo; tú en tanto...

ELVIRA

                        A mi cuidado
dejad vos lo demás, y a mi deseo;
que a vuestra vuelta pronto hacia el sagrado
altar yo volaré del himeneo.

          (Vase NUÑO, *y* ELVIRA *se arroja sobre un
          sillón como abismada.)*

ESCENA V

ELVIRA

(Se levanta y va hacia la puerta del foro.)

Esperad..., tened... ¡Partió!   515
¿Mas qué dudo todavía?

          (Vuelve)

¿Aún no estoy resuelta yo?
¿Aún he de adorarle? No.
Vengarme es el ansia mía.
El saber que por ti lloro   520
no ha de darte gozo al menos;
que aunque tu memoria adoro,
nunca el pesar que devoro

---

514   *himeneo:* boda, casamiento.

dirán mis ojos serenos.
¡Pérfido! ¡Cruel! ¡Beatriz!   525

(Llamando)

¿Y yo un año le esperé?
Ni sé qué piense, ni sé
qué determine. ¡Infeliz!
Nunca vi tan poca fe.

ESCENA VI

ELVIRA, BEATRIZ

BEATRIZ

¡Señora!

ELVIRA

     Ve; presurosa   530
prepáralo todo... ¡Oh saña!,
prevén mis galas, gozosa;
no hay doncella en España
más galana y más hermosa.

BEATRIZ

¿Qué novedad?

---

531 *saña:* furor, enojo ciego.
533 *doncella:* mujer que no ha conocido varón.

ELVIRA

¡A otra quiere,   535
y tal vez casado está!

BEATRIZ

¿Quién, señora?

ELVIRA

¿Quién será
sino el traidor?

BEATRIZ

¿Qué profiere?
¿Macías casado? ¿Habrá
hombre tan pérfido? Apenas   540
creo lo que oyendo estoy.

ELVIRA

Mas no importa: mis cadenas
ya rompí: ¡fuera mis penas!
Yo me caso también hoy.

BEATRIZ

¿Vos os casáis?

ELVIRA

Sí, ¡abrasada   545
muero de celos!

BEATRIZ

Advierte...

ELVIRA

Ya, Beatriz, no adiverto nada.
¡Véame también casada,
y venga después la muerte!

(Éntranse por la derecha)

FIN DEL PRIMER ACTO

ACTO SEGUNDO

Cámara de Don Enrique de Villena. *A la derecha, puerta por donde se va a la iglesia, o capilla del palacio; en el foro, salida afuera; a la izquierda, comunicación con las demás habitaciones de palacio. Mesa, escribanía, libros, papeles, reloj de arena, instrumentos de matemáticas, química, etc.*

ESCENA PRIMERA

Don Enrique, Rui Pero, Dos Pajes. *(Los* Pajes *acaban de vestir a* Don Enrique *y se retiran a una·seña que les hace: éste está de gala con la cruz roja de Calatrava y espuela dorada.* Rui Pero *está algo retirado)*

ENRIQUE

(Abriendo una carta)

¡Hola, Rui, mi camarero! ⁵⁵⁰

---

⁵⁵⁰ *camarero:* importante cargo palatino servidor de cámara del rey.

(Llega éste)

¿Y quién me trajo esta carta?

RUI

Un recadero de la orden
que viene de Calatrava.

(Hace seña DON ENRIQUE, *y se va* RUI
PERO *por la derecha.)*

ESCENA II

DON ENRIQUE

Del clavero es

(Lee)

        «Gran maestre
y señor, salud y gracia...   555
Conforme a lo que en tus letras
con tu criado me mandas,
ya de aquí salió Macías;
y siguiéndole mis guardas,
tomó en efecto el camino   560
que va a la villa de Alhama.
Tus cartas envié a Manrique,
y yo no sé si observadas
serán tus órdenes luego;
pero tú con fácil traza   565

---

561   *Alhama:* municipio de la provincia de Murcia, a 11 kilómetros de Tontona. Tiene aguas termales.

podrás saber de la muerte
de Macías nuevas claras
antes que yo las remita,
pues tanto en la judiciaria
eres docto, si en tus líneas   570
por su horóscopo las sacas...»

>   *(Arroja la carta con despecho sobre la*
>   *mesa.)*

¡Vulgo estúpido, ignorante!
¿Yo dado a la nigromancia?
¿Yo astrólogo? ¿Yo adivino?
¿Yo docto en la judiciaria?   575
¿Sólo porque ven más libros
reunidos en mi casa
que en todo el reino? ¿Y acaso
no pueden ver lo que tratan?
¿Mas qué digo? ¿Hay por ventura   580
quien pueda entenderlos? Gracias
si seis u ocho cortesanos
en toda la corte se hallan
que sepan firmar, o dicten
en mal romance una carta.   585
¿Dónde existen los hechizos?
¿Qué son? Díganme. ¡Pagara
mis estados de Tineo
por ver uno! ¿Qué? ¿A la humana
condición fue dado el orden   590

---

569 *judiciaria:* «astrología judiciaria», ciencia de los astros. En
otro tiempo se creyó que servía también para pronosticar los sucesos por la situación y aspecto de los planetas.
573 *nigromancia:* arte supersticioso de adivinar lo futuro evocan-
do a los muertos.

romper que puso la causa
primera en el universo?
¿Y ese espíritu que llaman
maligno, puede en el mundo
hacer bien ni mal? ¡Me holgara   595
de saber en dónde habita,
y verle a alguno la cara!
¡Donosa locura es ésta!
Pueblo bárbaro, ¿me infamas?
¿De un caballero cristiano   600
tan necias hablillas andan?
¿Porque sé de astronomía?
Mas esa opinión me valga.
Algún día, vulgo necio,
me servirá tu ignorancia.   605

> *(Viendo volver a* RUI PERO *por la
> derecha.)*

¡Rui Pero!

ESCENA III

DON ENRIQUE, RUI PERO

RUI

¡Señor!

ENRIQUE

¿Qué hay de eso?

RUI

Todo está pronto

ENRIQUE

Pues anda;
diles a Nuño y a Elvira
que sólo a los dos se aguarda,
y a Fernán Pérez Vadillo...   610

RUI

Él se dirige a esta sala

(Vase RUI PERO por la izquierda. Entra
FERNÁN por el centro.)

ESCENA IV

DON ENRIQUE, FERNÁN PÉREZ (de boda)

FERNÁN

¡Gran señor!

ENRIQUE

Adiós, Fernán.

FERNÁN

Antes de todo las gracias
te doy por tantas mercedes
con que me honras y me ensalzas.   615

---

614 *mercedes:* galardón, dádiva.

ENRIQUE

Con esas mercedes gusto
de mostraros la confianza
que hago de vos; ya os lo dije,
que en cuanto el punto llegara
de casaros, yo el padrino   620
de la boda ser deseaba.
Sólo un deber desempeño
al cumpliros mi palabra.
Vos en cosas me servís,
Fernán, de tanta importancia,   625
que nadie servirme en ellas
pudiera si vos faltarais.
El secreto sobre todo...

FERNÁN

En mi cuidado descansa.

ENRIQUE

Nada temo en vos..., mas... Nuño   630

FERNÁN

Disipa esa desconfianza.
Hasta hoy también yo mismo
de su amistad sospechaba.
Mas hoy en el darme su hija
me mostró bien a las claras   635
que cual tu poder conoce

---

631   *Disipa:* desvanece.

de esta boda las ventajas.
Nada temas.

                    ENRIQUE

            ¡En buen hora!
¡Vive Dios que si faltara!
¿Mas cómo cedió tan pronto   640
Elvira?

                    FERNÁN

            Las voces vagas
que esparcí yo mismo ha días
de que tal vez se casara,
o casado ya estuviera
Macías en Calatrava,   645
le hice saber.

                    ENRIQUE

            ¡Bien! ¡Por cierto
no vendrá a desaprobarlas!
Recorred, si no, esas letras
que recibo esta mañana,

        (Coge la carta y se la da)

en que dicen que Macías   650
salió de allí para Alhama,
junto a Lorca, donde al moro
Pedro Manrique hace cara.

---

652   *Lorca:* ciudad cabeza de partido judicial de la provincia
de Murcia.
653   *hace cara:* se vuelve al enemigo para esperarle y resistirle.

(Recoge la carta FERNÁN PÉREZ DE
VADILLO.)

Y ya le escribí a Manrique,
que en las más fuertes batallas   655
y en los riesgos más dudosos
que ocurriesen le empleara.
Y si de tantos peligros
por dicha suya se escapa,
no le ha de valer tampoco;   660
pues yo lograré que vaya

(Vuelve a tomar la carta y la guarda)

con Rui Pérez de Clavijo
a la famosa embajada
que al gran Tamorlán de Persia
presto envía el rey de España.   665

FERNÁN

Ni yo he de temer su vuelta
con tal que la boda se haya
terminado, que yo haré
a mi mujer bien casada.
Además que será fuerza   670
que ella con placer lo haga,
pues no hallará otro remedio

---

664   *Tamorlán:* «Tamerlán» (1336-1405) fue un célebre conquis-
tador tártaro que llegó a ser el árbitro de Asia, incluyendo casi toda
el Asia Menor. En 1404, recibió la segunda embajada enviada por
Enrique III el Doliente, de la cual formaba parte Ruy González de
Clavijo, caballero de Cámara real, quien escribió, entre otras obras,
sobre la expedición *Vida y hazañas del gran Tamerlán*. Esta embajada salió de Sevilla en 1403 y regresó a España en 1406.

siendo mía y en mi casa.
Ni menos de vos recelo
le volváis a vuestra gracia.   675

ENRIQUE

Eso nunca, que aunque un tiempo
le quise bien, mal pagara
mi amistad, pues cuando quise
darle a él la delicada
comisión de mi divorcio,   680
negándose a mi demanda
trató de afear mi acción,
como si en vez de mandarla
a un inferior, de sus años
yo loco me aconsejara.   685
Y queriendo yo obligarle
por ser doncel de mi casa,
de doña María Albornoz,
mi mujer, tomó la causa;
tanto que, a seguir en ella,   690
perdiera yo mi demanda,
pues supo presto mañoso
del rey cautivar la gracia.
¡Necio prefirió a mi amparo
el ser campeón de las damas!   695
Esta ofensa, ¡vive Dios!
que no tengo de olvidarla.
Y pues no quiero en su sangre
manchar yo mi propia espada,
al menos de que muriera   700
contra los moros me holgara.

---

701   *me holgara:* celebrara, me alegrara.

Es insufrible su orgullo,
y hasta su honradez me enfada,
pues no ha menester mi estirpe
que venga ninguno a honrarla.   705
Yo sé también ser honrado
cuando conduce a mi fama.
A su impetuoso carácter,
a su indomable pujanza
opondré el poder, y cierto   710
no hacen sus servicios falta.
Vos servís mejor.

FERNÁN

Lo tengo
a honra, señor, y a gala.

ENRIQUE

Sé vuestro celo, y tan sólo
quiero que miréis si es franca   715
la amistad de Nuño...

FERNÁN

Pienso
que esta boda nos la afianza.

---

704 *ha menester:* tiene necesidad.
709 *pujanza:* según dice el *Diccionario de la Real Academia,*
fuerza grande o robustez para impulsar o ejecutar una acción.
714 *celo:* cuidado del aumento y bien de otras cosas o personas.

ENRIQUE

Está bien, que he de fiarle
cosas de grande importancia.
Él viene aquí con Elvira.   720
(Llegó el logro de mis ansias.)

ESCENA V

DON ENRIQUE, FERNÁN PÉREZ, NUÑO, ELVIRA *(de
boda)*; BEATRIZ, RUI PERO, *tres* PAJES, ALVAR, etc.
(todos de gala)

NUÑO

Permite, príncipe ilustre,
a quien de grande la fama,
de sabio y de generoso
entre los grandes alaba,   725
permite que reverente
por la honra a que le ensalzas,
por la merced que hoy recibe,
Nuño te bese las plantas,
que es noble en lo agradecido,   730
si no en la alcurnia preclara.

ENRIQUE

Muy agradecido os quiero,
Nuño...

---

718   *fiarle:* confiarle.

NUÑO

Estad seguro...

ENRIQUE

Basta.

(Le habla bajo. Entra ELVIRA *y los demás)*

ELVIRA

(A BEATRIZ, *al entrar)*

¡Ay Beatriz, que ya del pecho
se quiere salir el alma!   735
Mientras la hora más se acerca,
más los ánimos me faltan.

BEATRIZ

(Bajo, a ELVIRA)

Repara...

ELVIRA

(Íd., a BEATRIZ)

No temas; que ora
fuerzas me da la venganza.

(A DON ENRIQUE)

Gran señor...

ENRIQUE

Venid, hermosa   740
y discreta Elvira. El ara

prevenida, ya hace rato
que a los esposos aguarda.

ELVIRA

(¡Ay, infeliz!)

ENRIQUE

Id, ya os sigo.

NUÑO

(Bajo, a ELVIRA)

¡Elvira!

ELVIRA

(Íd., a NUÑO)

Señor, descansa   745
en mis promesas (¡Ay cielos,
pueda más la honra agraviada!)

*(*FERNÁN PÉREZ *da la mano a* ELVIRA,
*que vuelve la cabeza escondiendo sus lágri-
mas con su pañuelo. Se entran, seguidos
de* BEATRIZ *y* ALVAR.)

ENRIQUE

(A RUI PERO)

Rui Pero, aquellos papeles
que dejo esparcidos guarda,
que es el arte que le escribo   750

de trovar en *ciencia gaya*
a don Iñigo Mendoza,
el Marqués de Santillana.

> *(Sale con* NUÑO *y* DOS PAJES. *Queda* RUI
> PERO *y un* PAJE. *El primero va a guardar*
> *los papeles que el segundo observa.)*

ESCENA VI

RUI PERO, PAJE

PAJE

Este nuestro amo, pardiez,
que es un extraño señor.   755

RUI

¿Por qué?

PAJE

    Dicen..., mas, mejor
será callarlo esta vez.

---

751   *ciencia gaya:* arte de la poesía. *El Arte de trovar* no fue escrita hasta 1433. En 1406, fecha de la acción del drama, don Enrique de Villena tenía diecisiete años y el Marqués de Santillana ocho.

752   *Íñigo Mendoza:* Íñigo López de Mendoza: (1398-1458), Marqués de Santillana, fue célebre magnate y poeta. En 1414, estuvo
a la coronación de Fernando de Antequera en Zaragoza. Desde muy
joven intervino en las frecuentes revueltas de la corte. Fue amigo
de don Enrique de Villena y escribió varias obras importantes.

754   *pardiez:* expresión del lenguaje familiar, usada como inter-
jección, para explicar el ánimo en que se está acerca de alguna cosa.
Procede del francés: *par Dieu,* por Dios.

RUI

¿Qué dicen?

PAJE

Dicen... Mirad:
yo no sé escribir corrido;
mas he visto... y parecido   760
a ese papel, en verdad...
No vi nada... Esos diversos
renglones; y de esa suerte...
¡Ved qué líneas! ... mala muerte
si...

RUI

¡Callad! Estos son versos.   765
¿No sabéis que es trovador?
¿Y no visteis trovas?

PAJE

¡Ah!
Pero dicen también...

RUI

¡Bah!

---

759   *escribir corrido:* escribir con facilidad y soltura.
767   *trovas:* versos, composiciones métricas escritas generalmente para canto, canciones amorosas compuestas o cantadas por los
trovadores.

PAJE

Que es un grande encantador.

RUI

¡Paje!

PAJE

  Escuchadme un momento.   770
Si a la noche, cuando todo
quieto está, vierais el modo
con que por este aposento
discurre solo y pasea,
¡oh!, se me eriza el cabello   775
sólo de pensar en ello:
¿Y queréis vos que no crea?...
Anda apriesa, como un loco,
párase a trechos; medita,
blande no sé qué varita,   780
y hablando bajo algún poco,
o las estrellas del cielo
mirando, con una pluma
escribe a ratos, y en suma
forma cercos en el suelo,   785
que acaso encantos serán...

RUI

¿Y qué son encantos?

PAJE

¡Oh!
¿Vos no lo sabéis?

Rui

¿Yo?... No.

Paje

Algún día os lo dirán.
Yo por mí, me voy: os hablo   790
con claridad; no me alcance
su magia, porque ése es trance
en que tiene parte el diablo.
No quiero yo que me hechice.
Mi salvación es primero.   795
Porque si él es hechicero,
como la gente lo dice,
y si sabe alzar figura,
no doy por mi alma un cornado.

Rui

Calle, o morirá quemado   800
si da en tan necia locura.
Mucho vino del de Toro
habrá sin duda bebido
el deslenguado. ¡Atrevido!
¡Mala lanzada os dé un moro!   805

---

799   *cornado:* moneda antigua de cobre con una cuarta parte de
plata, que tenía grabada una corona. Estuvo en circulación en Castilla desde Sancho IV hasta los Reyes Católicos. De ahí salió la frase
familiar «no vale un cornado».
802   *Toro:* ciudad de la provincia de Zamora. Está situada muy
cerca y a la derecha del río Duero a 28 kilómetros al este de Zamora. Fernando I dejó, en su división de su reino entre sus hijos, Toro
a la infanta doña Elvira, pero volvió a pasar al rey de Castilla
en 1101.

Dejad ya bachillerías,
paje, y mirad quién así

(Mirando a la puerta del foro)

llega sin licencia aquí,
ni venias, ni cortesías.

(Se asoma el PAJE)

PAJE

Y en la cámara se mete.   810

RUI

¡Vive Dios que es hombre franco!

PAJE

Y armado de punta en blanco,
que parece un matasiete.

---

[806] *bachillerías:* locuacidades impertinentes, cosas dichas sin
fundamento.
[809] *venia:* licencia, permiso.
[812] *de punta en blanco:* con todas las piezas de la armadura
antigua.
[813] *matasiete:* espadachín, hombre preciado de valiente.

ESCENA VII

Rui Pero, Paje, Macías, Fortún

(Macías *viene armado a uso del siglo XIV, todo de negro, y calada la visera:* Fortún *viene armado también, pero más a la ligera.)*

Paje

¡Buen talle y bella apostura!

Macías

(A Fortún)

Hasta aquí, Fortún, entremos,   815
donde a alguno preguntemos.

Rui

(¡Cierto, es gallarda figura!
Bueno es que aquí no se quede.)
¿Quién es, decid, el osado
que a esta cámara se ha entrado   820
sin pedir venia?...

Macías

Quien puede.

Rui

¿De la casa sois acaso?

Macías

Y familia de Villena.

RUI

¿Algún doncel?...

MACÍAS

¡Tal vez!

RUI

(¡Buena
traza! Si fuese..., mas caso   825
imposible es...)

MACÍAS

Responded.
Don Enrique, ¿dónde está?

RUI

Fuera de aquí.

MACÍAS

¿Tardará?

RUI

Puede ser.

MACÍAS

Haced merced
de decirle...

RUI

Vuestro nombre   830
diréis primero.

MACÍAS

No a vos.

RUI

¿A mí solo no? (¡Por Dios,
desenfado gasta el hombre!)
Ved que acaso tardaré,
y él también. Salid afuera...

835

MACÍAS

Discurrid de qué manera
he de salir.

RUI

¿Le diré...?

MACÍAS

Diréisle que un caballero
que de Calatrava viene,
y a quien mucho estima, tiene
que hablarle.

RUI

Bien, mas primero

840

salid...

MACÍAS

Ya os dije que no;
inútilmente pugnáis.

Ved más bien si presto vais.
Ya lo que he de hacer sé yo.   845

RUI

(Fuerza es dar a Don Enrique
aviso.)

(Bajo, al PAJE)

    Esperadme a mí,
vos, paje. (¡Quédese aquí!)
Vuestra merced no se pique,
que, como tiene calada   850
la visera, de ignorante
es la ofensa...

MACÍAS

                    Id adelante,
que la lleváis perdonada.

(Vase RUI PERO)

ESCENA VIII

MACÍAS, FORTÚN, PAJE

MACÍAS

(Al PAJE)

¿Qué hacéis vos aquí?

PAJE

Quedarme

MACÍAS

¿Para qué? ¿De bandoleros   855
tenemos trazas?

PAJE

No sé.

MACÍAS

Idos fuera.

PAJE

¡Bien, por cierto!
De fuera vendrá...

MACÍAS

¿Qué dice?

PAJE

Nada he dicho.

(Yéndose)

Pues es bueno
que nos mande...

FORTÚN

Pajecillo,
os manda quien puede hacerlo.   860

(Vase el PAJE *a la cámara inmediata,
donde se le ve de cuando en cuando pasear
de una parte a otra.)*

ESCENA IX

MACÍAS, FORTÚN

MACÍAS

(Alzándose la visera)

Por fin llegamos, Fortún.

FORTÚN

¡Pluguiera a Dios fuese a tiempo!
Nada entonces importara
haber los caballos muerto   865
galopando noche y día,
ni traer molidos los huesos,
ni...

MACÍAS

    A tiempo, Fortún, llegamos.
Como imaginé, mi objeto
se logró de que ninguno   870
me conociese en el pueblo
antes de que a don Enrique
hable y vea; porque temo
que si me viera Fernán Pérez,
o algún su amigo o su deudo,   875
estorbaran, como suelen,
mis osados pensamientos.

FORTÚN

Fernán Pérez fue sin duda
quien, al marqués persuadiendo,
hacia la villa de Alhama   880
te envió por tenerte lejos.

MACÍAS

Sí, y yo sé que en el camino,
por ver si a Alhama en efecto
pensábamos ir, gran rato
sus parciales nos siguieron: 885
Y así, quise deslumbrarlos
dando tan largo rodeo.

FORTÚN

Mejor es que no te esperen.

MACÍAS

El maestre mucho menos,
pues sabe que sin su venia   890
venir donde está no suelo;
pero habrá de perdonarme,
que esta vez sin ella vengo.

FORTÚN

¿Mas hoy no se cumple el plazo?

MACÍAS

Hoy cumplió, ¿mas qué?, ¿tan presto   895
casarse dejara Elvira?
¿Pudiera olvidarme?

FORTÚN

                Cierto,
que las mujeres...

MACÍAS

                ¡Fortún!
Clávame antes en el pecho
un puñal que eso me digas.   900

FORTÚN

Si así fuese...

MACÍAS

                No lo temo
de mi bella. ¿Elvira ingrata?
No es posible. ¡Antes el cielo
me confunda que eso vea!

FORTÚN

¿Mas qué mucho que ella, viendo   905
que tú te tardas...?

MACÍAS

           Bien sabes,
Fortún, con cuántos pretextos
me detuvo en Calatrava
el fementido clavero.
Bien sabes, Fortún amigo,   910
que allí me ha tenido preso,
y que acaso no saliera
de su poder, no fingiendo
haber a Elvira olvidado
por otros amores nuevos.   915
De suerte que al fin, Fortún,
recordando tantos riesgos,
aun haber llegado hoy mismo
por grande dicha lo tengo.

FORTÚN

¡Quiera Dios!...

MACÍAS

           ¿Qué ha de querer,   920
sino que al maestre luego
le hable yo, y que al fin estorbe
de Vadillo los deseos?
No es tanto el favor que goza
que estando en el mismo pueblo   925
me ofenda sin que mi saña
castigue su atrevimiento.

No vengo yo desarmado,
y sabré oponer mi acero
a los tiros de su lengua,   930
poniendo a su audacia freno.
Si presume que a mi Elvira,
mi vida, mi bien, mi cielo,
porque oculté mis amores,
impunemente le cedo,   935
ya probará lo contrario
ese valido hidalgüelo
cuando le arranque la lengua,
y el vil corazón del pecho.
Algún resto de amistad   940
en el de Villena espero,
por más que su protección
me haya quitado hace tiempo.
Al fin es señor, y es noble
y es grande, y es caballero,   945
y Aragón, que en esto sólo
dicho está todo lo bueno.
Aunque fuera mi enemigo,
fuéralo por nobles medios.
El hará que remitamos   950
nuestros agravios al duelo
el hidalgo y yo.

FORTÚN

¿Eso quieres?

MACÍAS

Con eso estoy satisfecho.
¿Quién a Elvira ha de quitarme
combatiendo cuerpo a cuerpo?   955

FORTÚN

Repara que alguien se acerca.
¿No sientes ruido?

MACÍAS

Escuchemos.
¡Don Enrique! Ponte a un lado.

(Retírase FORTÚN)

Su voz conocí.

*(Se cala la visera, y se aparta algo
atrás.)*

ESCENA X

MACÍAS, FORTÚN, DON ENRIQUE, RUI PERO

RUI

Por miedo
de turbar la ceremonia,   960
no lo dije, señor, luego.

ENRIQUE

¿Quién puede ser? ¿Sospecháis?...

RUI

Nada sé; viene encubierto.

ENRIQUE

Aquí está. ¿Sois vos quien dicen
que entra aquí sin miramiento?   965

MACÍAS

Excusadme; entrando aquí
usé de mi propio fuero.

ENRIQUE

¿De su fuero? ¿Y lo es también
venir a hablarme cubierto?
Tuviera yo cortesía,   970
si fuera que vos. ¡Rui Pero!...

MACÍAS

Perdona, señor; tu clase
y tu grandeza respeto.
Yo te hablara más cortés
a estar solos.

ENRIQUE

¿Solos? Presto   975

(A RUI PERO)

despejad.

---

967   *fuero:* según dice el *Diccionario de la Real Academia,*
cada uno de los privilegios y exenciones que se conceden a una
provincia, ciudad o persona; arrogancia, presunción.

(Vase RUI PERO; MACÍAS *llega a su escudero, se quita el yelmo y se lo entrega.)*

MACÍAS

    Fortún, afuera
me aguarda

        *(*MACÍAS *llega a* DON ENRIQUE, *quien
titubea al principio, y le reconoce por fin.)*

ENRIQUE

¿Sois vos? ¿Qué veo?

ESCENA XI

MACÍAS, DON ENRIQUE

MACÍAS

Sí, gran señor; tanto fía
tu doncel en tu amistad;
tu generosa bondad   980
oiga la disculpa mía.
No niego que me has mandado
a otra distante jornada,
y que de esta mi llegada
con razón te has admirado.   985
Perdona si a la orden tuya
no di obediencia debida,
porque es quitarme la vida
mandar que de Andújar huya.

Aquí está Elvira, señor,   990
y aquí, como caballero,
mi juramento primero
me llamaba y el amor.
No presumas que es nacido
de alguna leve afición;   995
no, que es veraz mi pasión
y nadie igual la ha sentido.
Muchas veces por vencella
la ausencia y tiempo imploraba;
mas dondequiera que estaba,   1000
allí Elvira, allí mi bella.
Ni alcanzaba libertad,
por más que, libre, la huía;
sólo a ella en el campo vía,
sólo a ella en la ciudad.   1005
A Elvira hablaba en el sueño,
despierto a Elvira también;
y ni conozco otro bien,
ni soy de no amarla dueño.
Harto hice en privarme un año   1010
de su vista; y si de aquí
apartado, padecí
ausencia tan en mi daño,
quise poner de mi parte
la razón y el sufrimiento,   1015
para con más ardimiento
venir después a implorarte.
Bien sé yo que un mi enemigo,

---

998   *vencella:* forma con asimilación *(vencerla)* muy frecuente
en la comedia del Siglo de Oro, pero no en el siglo XIX.
1004   *vía:* forma antigua (veía). Por razones métricas, en esta
edición no se moderniza.
1010   *Harto:* bastante, sobrado.

a quien conozco, y no alcanza
el poder de mi venganza,   1020
en mal me pone contigo;
pero sé también...

ENRIQUE

Macías...
¡Venís en mala ocasión!
Si estimáis la protección
que os dispensé en otros días;   1025
si os queréis bien a vos mismo,
volveos...

MACÍAS

¿Volverme yo?
¿Y tú me lo mandas? No.
¡Trágueme antes el abismo!
Yo de aquí no he de moverme   1030
sin que a Elvira por esposa
me concedan. ¿Qué otra cosa
pudiera a Andújar traerme
sin tu aviso? Ni en la tierra
habrá quien de ella me aleje;   1035
ni me mandes que la deje,
ni que me parta a la guerra,
ni que piense ni imagine,
sino el cómo ha de ser mía.
Recuerda que hoy es el día   1040
que el plazo expiró; y que vine
sabe, en fin, a ser de Elvira
o a morir; sí, lo juré,
yo de aquí no partiré

sin esposa. Conque mira   1045
qué determinas ahora.
Ni aun a Elvira quise hablar
hasta no verte, y lograr
la dicha que el alma adora.

                    ENRIQUE

¿Y sois vos el que me alega,   1050
para encontrarme indulgente,
méritos de inobediente,
cuando aquí sin orden llega?
¿Y aún se llama mi doncel,
y pretende que le ampare?   1055
¡Vive el cielo que no pare
hasta hacer ejemplo en él
de indóciles servidores!
¡Vive Dios que es abonado
el que su puesto ha dejado   1060
por unos necios amores!

                    MACÍAS

No me digáis más; bien veo
que no se durmió en mi ausencia
Fernán Pérez

                    ENRIQUE

             ¡Qué insolencia!

                    MACÍAS

Don Enrique, apenas creo   1065

lo mismo que oyendo estoy.
¡Tanta mudanza en un año!
¿Tan amargo desengaño
me guardabais, cielos, hoy?

ENRIQUE

Nunca en la amistad mudé   1070
que algún tiempo os prometí;
si hoy distintos os parecí,
por vuestros desmanes fue.
Sabed en fin que la mano
que me demandáis de Elvira,   1075
sólo porque el plazo expira
venís a pedirla en vano.

MACÍAS

(Agitado)

¿En vano decís?

ENRIQUE

(Afectadamente)

Macías,
bien quisiera yo ampararos,
y os amparara a encontraros,   1080
y a hablarme vos ha dos días.
Mas...

MACÍAS

(Precipitadamente)

No encubras la verdad
¿Prometístela?

ENRIQUE

(Secamente)

Doncel,
no la prometí, mas... él...

(Mira con inquietud hacia la puerta)

MACÍAS

(Con ansia)

Acaba presto.

ENRIQUE

(Señalando a la puerta)

¡Mirad!   1085

(En aquel mismo instante entran ELVIRA
y FERNÁN PÉREZ, *que la trae de la mano,
y después los siguen* NUÑO, BEATRIZ *y
demás.* ELVIRA, *al conocer a* MACÍAS, *se
suelta precipitadamente de* FERNÁN *y cae
desmayada hasta el fin de la escena en brazos de* BEATRIZ *y* NUÑO. FERNÁN PÉREZ
se pone en actitud de defenderse de MA-
CÍAS, *quien fuera de sí se arroja hacia él
con la espada desenvainada.* DON ENRI-
QUE *se interpone con su acero, y* MACÍAS,
*volviendo en sí, se arroja a sus pies; todo
como lo indica el diálogo.)*

ESCENA XII

MACÍAS, DON ENRIQUE, ELVIRA, FERNÁN PÉREZ,
NUÑO, BEATRIZ, ALVAR, PAJES

MACÍAS

(Al verlos)

¡Cielos!

FERNÁN

¡El doncel aquí!

ELVIRA

¡Él es!

(Cae desmayada; NUÑO *y* BEATRIZ *la sostienen.)*

MACÍAS

¡O venganza o muerte!

NUÑO

¡Elvira!

BEATRIZ

¡Señora!

FERNÁN

(A MACÍAS)

Advierte...

ENRIQUE

¿Osáis delante de mí,
Macías...?

MACÍAS

    ¡No hay esperanza   1090
sino en morir o matar!

ENRIQUE

¡Teneos!

MACÍAS

    ¡Hay más penar!

(Se arroja a sus pies)

¡Señor, o muerte o venganza!

(Cae el telón)

FIN DEL SEGUNDO ACTO

ACTO TERCERO

Habitación de FERNÁN PÉREZ *y de* ELVIRA. *Puertas laterales, dos en primer término y dos en segundo. Otra de foro. Ventanas a los lados de la de foro con vidrios de colores al uso del tiempo y de gusto gótico.*

ESCENA PRIMERA

BEATRIZ, MACÍAS. (MACÍAS *entra a pesar de* BEATRIZ, *que trata de impedírselo*)

BEATRIZ

Sal presto, señor; no insistas...

MACÍAS

Beatriz, es fuerza. He de verla.   1095

BEATRIZ

Repara que si su esposo...

MACÍAS

¿Su esposo? No; nada temas,
con don Enrique le dejo:
No vendrá. La vez postrera
será que a la ingrata Elvira   1100
antes de mi muerte vea.

BEATRIZ

Tente, señor; oye..., escucha.

MACÍAS

Sin verla no he de irme.

BEATRIZ

Espera.

MACÍAS

Aquí me hallará Fernán Pérez.

BEATRIZ

Advierte...

MACÍAS

Nada hay que advierta.   1105
Mira, pues, si te conviene
darme paso antes que venga...
Un cuarto de hora..., un instante...
¡Beatriz!

BEATRIZ

¡Silencio! Alguien llega.
Ella es.

MACÍAS

¿Es ella?

BEATRIZ

Sal presto. 1110

MACÍAS

Nunca.

BEATRIZ

Pues bien; a esa pieza
éntrate... Sí..., yo he de hablarla...
Yo le diré...

*(Le obliga a ir hacia la segunda puerta de
la izquierda.)*

MACÍAS

¡Beatriz!

BEATRIZ

Entra,
señor, que si ella consiente...

MACÍAS

Me entro fiado en tu promesa.   1115

(Se entra)

BEATRIZ

Toda tiemblo. ¿Hay tal empeño?
¡Si Fernán Pérez lo supiera!

ESCENA II

BEATRIZ, ELVIRA

(Ambas conservan aún los vestidos del acto segundo:
BEATRIZ *en toda esta escena está agitada, como teme-*
rosa de que MACÍAS *se descubra, y no pierde de vista*
el gabinete. MACÍAS *entreabre de cuando en cuando*
la puerta para escuchar. ELVIRA *está de espaldas al ga-*
binete de MACÍAS.*)*

ELVIRA

(Saliendo)

¿Y qué es, Beatriz, de mi esposo?
¿Qué de Macías?

BEATRIZ

                Sosiega
tu inquietud; de ambos la furia   1120
logró refrenar Villena.
Mas pidió tu amante el duelo,
y hubo de darle su venia.

ELVIRA

¿Qué dices?

BEATRIZ

Que lo retó
para mañana en presencia   1125
de don Enrique, que es juez
del campo.

ELVIRA

¡Ay cielos! ¿No era
bastante ya que me dieseis
tirano esposo por fuerza,
sino que es también preciso   1130
que sangre de uno se vierta?
¡Oh!, si el dolor me acabara,
Beatriz, ¡cuán dichosa fuera!

MACÍAS

(¡Pérfida!)

ELVIRA

¿Y ni pude hablarle
ni saber la causa cierta   1135
de su tardanza? ¡Dios mío!
¿Conque fue un ardid la nueva
de su boda allá?

1137   *ardid:* artificio, trampa.

BEATRIZ

Señora,
si quieres hablarle...

ELVIRA

¡Necia!
Hablárale ayer; mas hoy...,   1140
eso fuera hacer ofensa
a mi esposo... Estoy casada.
¡Infeliz!

BEATRIZ

¡Ah!, ¡qué imprudencia!

ELVIRA

¿Mas qué sobresalto es ése?
¿Tú sabes?...

BEATRIZ

No es nada.

ELVIRA

¿Niegas   1145
lo que estoy viendo en tu rostro?
¿Qué secreto o triste nueva?...
Dilo de una vez ya todo
que ya a todo estoy dispuesta.
¿Puedo ser más desgraciada?   1150

¿Tú le viste? ¿A alguien esperas?...
Habla ya.

BEATRIZ

Macías mismo
me pidió de ti una audiencia.
Quiere hablarte.

ELVIRA

¿Hablarme? Nunca.
No, Beatriz, no.

BEATRIZ

En esta pieza   1155
me habló...

ELVIRA

¿Y fuese?

BEATRIZ

Fue imposible
echarle.

ELVIRA

¿Qué dices? ¿Piensas
lo que hiciste? Luego aquí...

(Con el mayor sobresalto y mirando a todas partes.)

BEATRIZ

No...; mas...

ELVIRA

¿Dónde? ¡Suerte adversa!
¿Y tú te atreves?...

BEATRIZ

Señora...   1160

ELVIRA

¿Dónde está? ¡Si Fernán viniera!...
¡Yo huyo de aquí!... Tú al momento...
dispón que parta...

MACÍAS

Ya es fuerza
salir.

ELVIRA

(Al verle)

¡Ay!

(Se cubre el rostro con las manos)

BEATRIZ

¡Cielo!

ELVIRA

¡Imprudente!
¿Tú le ocultaste?

(A MACÍAS)

Huye.

MACÍAS

Espera.   1165

(ELVIRA *quiere huir a su habitación y*
MACÍAS *la detiene.)*

ESCENA III

MACÍAS, ELVIRA, BEATRIZ

MACÍAS

¿Dónde corres, Elvira? Tú has de oírme.

ELVIRA

¡Cielos! ¿Qué haré?

MACÍAS

(Asiéndola)

Detente; huyes en vano.

ELVIRA

¡Ay! ¿Aquí tú, Macías? (¡Infelice!
¿Qué iba a decir?) ¡Dios mío, dadme amparo,
dadme fuerza y virtud! Señor, ¿qué os trae?   1170
¿Cómo entrasteis aquí? Volved los pasos,
donde a una esposa no ultrajéis; que ahora
vuesta osadía ofende mi recato.

MACÍAS

No soy yo, bien lo sé, no, el venturoso
que a este punto esperabas en tus brazos.   1175
¿Qué hace ese esposo tan feliz? ¿Qué tarda?
¿Dónde está?

ELVIRA

                    ¡Qué furor? ¡Ah, reportaos!
¡Volveos por piedad!

MACÍAS

                    ¿Que ora me vuelva?
¿Y adónde, adónde, desgraciada? ¿Acaso
denodado arrostré tantos peligros,   1180
como mi vida mísera amargaron,
para verte y dejarte? Ya eres mía,
de aquí no he de salir...

1168   *Infelice:* forma con una -e adicional *(infeliz)* por razón de
la rima. Era muy frecuente en los romances antiguos y también en
los romances del siglo XIX.

ELVIRA

¡Hablad más bajo!...

MACÍAS

Sino dichoso.

ELVIRA

¡Que os oirán! Macías,
yo os lo pido, os lo ruego: sí, alejaos.   1185

MACÍAS

¿Con cuáles sacrificios me obligaste
a que escuche tus ruegos apiadado?
¡Delirios!

ELVIRA

¿Qué decís? Pues no os importa
lo que pierde mi honra, si en palacio
os llegan a encontrar, tened al menos   1190
piedad de una infeliz que habéis amado...

MACÍAS

¡Y me ruega que parta!

ELVIRA

En fin, Macías,
si no bastan mis ruegos, yo os lo mando.

MACÍAS

Antes acaba, infiel, lo que empezaste;
vierte mi sangre toda, y despiadado   1195
tu corazón sediento satisfaga
sus odios contra mí; pues, vivo, en vano
de aquí quieres que salga.

ELVIRA

(Con la mayor zozobra)

¡Qué tormento!
Beatriz, por Dios, escucha; yo temblando
estoy de una sorpresa; corre; avisa   1200
si le vieses venir.

BEATRIZ

En mi cuidado
puedes, señora, descansar.

(Vase)

ELVIRA

¡Dios mío!

ESCENA IV

ELVIRA, MACÍAS

ELVIRA

¿Qué pretendéis? Soltad. ¿No oís sus pasos?

MACÍAS

Nada me importa ya. Tú en algún tiempo
ningún riesgo temblabas a mi lado.   1205

ELVIRA

Era entonces amante: esposa de otro
soy ahora; vos mismo, vos tardando...

MACÍAS

¿Qué profieres, Elvira? ¿Es tarde, es tarde
el mismo día que se cumple el plazo?
¿No es otra tu disculpa? ¿No supiste   1210
pretestar ni fingir otros descargos?
Yo a oírlos vengo, que muriendo quiero
expirar a lo menos engañado.
Deslúmbrame, tirana: al menos dime
que la violencia fue, que fue el engaño   1215
quien te casó.

ELVIRA

Callad, que si supierais...

MACÍAS

Di que el infiel yo he sido: que mil lauros
mereciste al casarte; que me amabas;
que tal vez por amarme demasiado
te casaste con otro. Sí, yo mismo   1220

1217   lauros: glorias, alabanzas, triunfos. No se anotará en lo sucesivo.

la venda me pondré que con tus manos
debieras poner tú sobre mis ojos.
¿Ni merezco siquiera un desengaño?
¿Callas confusa?

ELVIRA

Si me oyerais...

MACÍAS

                    Puede
que tu lealtad probaras. ¡De tu labio   1225
tanto fías, Elvira! ¿Mas los ojos
bajas, mísera, al suelo avergonzados?
¡Mujer, en fin, ingrata y veleidosa!
¡Ay infeliz del que creyó que amado
de una mujer sería eternamente!   1230
¡Insensato!

ELVIRA

            No más, basta: ¿ese pago
alcanzan tanto amor y tantas penas
como por vos mi pecho destrozaron?
¿Y os amaba yo aún?

MACÍAS

                    ¿Me amas? ¿Es cierto?
¿Tú me amas todavía? ¿Y aún estamos   1235
en Andújar los dos? ¡Ay! ¿Quién ahora

1228   *veleidosa*: mudable, inconstante.

me robará la hermosa que idolatro?
¿Me amas? Ven.

ELVIRA

    ¿Yo eso he dicho? Que os amaba
sólo os quise decir, mas no que os amo.

MACÍAS

No; tus ojos, tu llanto, tus acentos, 1240
tu agitación, tu fuego, en que me abraso,
dicen al corazón que tus palabras
mienten ahora; sí, bien mío, huyamos.
Todo lo olvido ya. Pruébame huyendo
que no fue liviandad el dar tu mano. 1245

ELVIRA

¿Dónde me arrastras?

MACÍAS

    Ven; a ser dichosa.
¿En qué parte del mundo ha de faltarnos
un albergue, mi bien? Rompe, aniquila
esos, que contrajiste, horribles lazos.
Los amantes son solos los esposos 1250
Su lazo es el amor: ¿cuál hay más santo?
Su templo el universo: dondequiera
el Dios los oye que los ha juntado.
Si en las ciudades no, si entre los hombres
ni fe, ni abrigo, ni esperanza hallamos, 1255
las fieras en los bosques una cueva

cederán al amor. ¿Ellas acaso
no aman también? Huyamos, ¿qué otro asilo
pretendes más seguro que mis brazos?
Los tuyos bastaránme, y si en la tierra   1260
asilo no encontramos, juntos ambos
moriremos de amor. ¿Quién más dichoso
que aquel que amando vive y muere amado?

ELVIRA

¿Qué delirio espantoso, qué imposibles
imagináis, señor? Doy que encontramos   1265
ese asilo escondido: ¿está la dicha
donde el honor no está? ¿Cuál despoblado
podrá ocultarme de mí propia?

MACÍAS

¡Elvira!

ELVIRA

Juré ser de otro dueño, y al recato,
y a mi nombre también y a Dios le debo   1270
sufrir mi suerte con valor, y en llanto
el tálamo regar; si no dichosa,
honrada moriré; pues quiso el hado
que vuestra nunca fuese, ¿por ventura
podrán vuestros delirios contrastarlo?   1275
Ved este llanto amargo y doloroso,
ved si os amé, señor, y si aún os amo

1272   *tálamo:* cama de los desposados, lecho nupcial.
1273   *hado:* destino, encantamiento de los sucesos considerado
como necesario y fatal.

más que a mi propia vida; con violencia
verdad es, y con fraude me casaron;
pero casada estoy; ya no hay remedio.   1280
Si escuchara a mi amor, vos en mi daño
a denostarme fuerais el primero.
Vuestro aprecio merezca, ya que en vano
merecí vuestro amor. Si aborrecido
ese esposo fatal me debe tanto,   1285
¿qué hiciera si con vos, por dicha mía,
me hubiera unido en insoluble lazo?

MACÍAS

No, tú no me amas, no, ¡ni tú me amaste
nunca jamás! Mentidos son y vanos
los indicios; tus ojos, tus acentos   1290
y tus mismas miradas me engañaron.
¿Tú en ser de otro consientes, y a Macías
tranquila lo propones? ¿Tú en sus brazos?
Tú, Elvira, y cuando lloren sangre y fuego
mis abrasados ojos, ¡ah!, ¡gozando   1295
otro estará de tu beldad! ¡Y entonces
tú gozarás también, y con halagos
a los halagos suyos respondiendo!...
¡Imposible! ¡Jamás! No, yo no alcanzo
a sufrir tanto horror. ¿Yo, yo he de verlo?   1300
Primero he de morir o he de estorbarlo.
¡Mil rayos antes!...

ELVIRA

¡Cielos!

1282   *denostarme:* injuriarme gravemente, infamarme de palabra.
1296   *beldad:* belleza, hermosura.

MACÍAS

¿Qué es la vida?
Un tormento insufrible, si a tu lado
no he de pasarla ya. ¡Muerte! ¡Venganza!
¿Dónde el cobarde está?, ¿dónde? ¡Villano!   1305
¿Me ofende y vive? ¡Fernán Pérez!

ELVIRA

                              ¡Calla!
¿Qué intentas, imprudente? Demasiado
le traerá mi desdicha.

MACÍAS

                    ¿Y qué? En buen hora;
venga y traiga su acero, venga armado.
Aquí el duelo será. ¿Por qué a mañana   1310
remitirlo? Le entiendo, sí; temblando
de mi espada, quiere antes ser dichoso.
¿Lo esperas, Fernán Pérez? ¡Insensato!
¡No, no la estrecharás mientras mi sangre
hierva en mi corazón! Ábrate paso   1315
por medio de él tu espada. Éste el camino
es al bien celestial que me has robado.
¡No hay otro! ¿Y ella es tuya? Corre, vuela.
¡Mira que es mía ahora, y que te aguardo!
¡Fernán Pérez!

         (Saca la espada)

ELVIRA

              ¡Silencio! ¿Qué pretendes?   1320
Le turba su pasión. Tente. Arrojado,
¿dónde corres así? Dame esa espada.

MACÍAS

¡Huye, oh tú, esposa de otro! Sí; buscando
voy mi muerte, tú misma la deseas.
Sin miedo ni rubor idolatrarlo   1325
después de ella podrás. Toma ese acero.

(ELVIRA *coge la espada)*

La vida arráncame, pues me has quitado
lo que era para mí más que mi vida,
más que mi propio honor. ¡Desventurado!

(Llega BEATRIZ *sobresaltada.)*

ESCENA V

ELVIRA, MACÍAS, BEATRIZ

BEATRIZ

Huid, señor, que llegan.

ELVIRA

¡Ah!

MACÍAS

¿Quién llega?   1330

BEATRIZ

El marqués, y Fernán sigue sus pasos...
Avisados sin duda...

MACÍAS

Yo os doy gracias,
cielos, por tanto bien; presto escuchados
fueron mis votos.

ELVIRA

¡Huye!

MACÍAS

¿Quién? ¿Yo, Elvira?
¿Delante de él huir? ¿Yo que le llamo?   1335

ELVIRA

¡Por piedad! ¡Por mi honor!

MACÍAS

Dame esa espada.

ELVIRA

¿La espada? ¿Para qué? ¿Tú, temerario,
testigo hacerme intentas de tu arrojo?

MACÍAS

¡Mi espada, Elvira!

ELVIRA

¡Nunca!

BEATRIZ

¡Ya han llegado!
¡Ya no es tiempo!

ELVIRA

No; al menos tanta sangre   1340
no correrá por mí. Tente, ¡o la clavo
en mi pecho!

BEATRIZ

¡Señora!

FERNÁN

(Entrando)

¡Qué osadía!

MACÍAS

(Porfiando)

¡Elvira!

FERNÁN

(A DON ENRIQUE, *que entra)*

¡Señor, vedle!

MACÍAS

¡En fin, me hallaron
sin mis armas!

ESCENA VI

ELVIRA, BEATRIZ, MACÍAS, FERNÁN PÉREZ,
DON ENRIQUE, RUI PERO, ALVAR, PAJES *armados*

(Éstos, capitaneados por RUI PERO *y* ALVAR, *rodean
a* MACÍAS)

ENRIQUE

   ¿Qué miro? ¿Y ese acero,
qué significa, Elvira?

ELVIRA

   En vuestras manos   1345
señor, le deposito, y tengo a dicha
haber hoy tantos males estorbado.

MACÍAS

¡Sólo esto me faltaba!

FERNÁN

¡Elvira!

ELVIRA

   ¡Tiemblo!

FERNÁN

¿No bien casada, y os encuentro...?

MACÍAS

¡Hidalgo!

ELVIRA

Señor...

MACÍAS

La culpa es mía; es inocente.   1350

FERNÁN

¿Y vos con qué derecho hasta el estrado
de mi esposa...?

ENRIQUE

¡Vadillo!

FERNÁN

¡Vive el cielo!
Que a no estar el maestre...

ENRIQUE

Reportaos.

1351   *estrado:* según dice el *Diccionario de la Real Academia,* conjunto de muebles que servía para adornar el lugar o pieza en que
las señoras recibían las visitas. Lugar o sala de ceremonia donde se
sentaban las mujeres y recibían las visitas.

MACÍAS

Venid donde no esté.

ELVIRA

¡Fernán!

ENRIQUE

                              Vadillo,
¡de aquí vos no saldréis!

FERNÁN

          ¡Señor!...

ENRIQUE

                              Lo mando.   1355
Dejadme que yo le hable.

      (A MACÍAS)

                    ¿Conque es cierto?
¿Vos aquí de esta suerte, y ultrajando
la casa de un hidalgo, a quien protejo?
¿Y vos, a quien concedo el campo franco
porque a Elvira no veáis ni a Fernán Pérez   1360
hasta el punto del duelo, tan osado,
que ni escucháis razones, ni hay respetos
para vos, ni hay consejos, ni hay mandatos,
ni hay poner freno a vuestra audacia? ¿En dónde,
insolente, aprendéis?

MACÍAS

       Sellad el labio,   1365
o vive Dios... ¿Qué os debo, y qué respetos
por vuestra protección he de guardaros?
¿Protegen de esta suerte los señores?
¿Qué os debo sino mal? Si esto es amparo,
sed desde hoy mi enemigo y ese tono   1370
altanero dejad. ¿Pensáis acaso
que soy menos que vos? No, don Enrique.
¿En qué justas famosas vuestro brazo,
o en qué lid, me venció? Coged la lanza
y conmigo venid; presto ese ufano   1375
orgullo abatiré.

ENRIQUE

      ¡Qué oigo!

ELVIRA

      ¡Él se pierde!

MACÍAS

Si en vuestra cuna y en honores vanos
tanto orgullo fundáis, eso os obliga
a proceder mejor. Sois inhumano,
injusto sois conmigo, don Enrique,   1380
porque en la cumbre os veis; porque ese infando
poder gozáis, con que oprimís vilmente,
en vez de proteger al desdichado,

1381   *infando:* torpe o indigno de hablar de él.

a una débil mujer; vos valeroso
contra las bellas sois. ¡Mirad qué lauros!   1385
Dígalo vuestra esposa, que a una ciega
ambición inmoláis. ¿Cómo apiadaros
del grito del amor? Vos ni su noble
fuego entendéis, ni nunca habéis amado,
ni sois capaz de amor. Para otras almas   1390
de un temple más sublime se guardaron
esas grandes pasiones...

ENRIQUE

          ¡Mal nacido!
¡Infame!, ¡vos a mí tal desacato!

MACÍAS

Callad, callad, o mi furor... ¿Yo infame?
¿Yo mal nacido? ¿Y sufro tanto agravio?   1395
¡Vive Dios, don Enrique el hechicero,
que si espada tuviera, presto el labio
yo os hiciera sellar!...

FERNÁN

          Señor, dejadme
que castigue su audacia; él aquí entrando
a mí ofendió primero.

ENRIQUE

          Fernán Pérez,   1400
ya os dije que vuestra honra está a mi cargo
y ya os mandé callar. Guardias, al punto
al alcázar llevadle.

ELVIRA

Perdonadlo.
Más generoso sed, pues sois más grande.
Su pasión le cegó. Dadle un caballo,   1405
parta lejos de aquí; salve su vida,
y revóquese el duelo. El tiempo acaso
hará, y la ausencia, lo demás; tan sólo,
yo así dichosa podré ser, o un tanto
menos desventurada; así tranquilo   1410
podrá mi esposo estar.

MACÍAS

                          ¡Caigan mil rayos
sobre mí! ¿Tú también, desventurada,
con súplicas te humillas al tirano?
¿Tú por mi vida, que sin ti no aprecio,
tú por tu esposo y su quietud rogando,   1415
tú mi ausencia le pides? ¿Tú a Fernán quieres?
Bien, ya eres suya; pero atiende. En vano
piensas la dicha hallar, ni en ti la ausencia
podrá sanar el mal, sino aumentarlo.
Cuando mi muerte sepas, en tu oído   1420
siempre estará mi nombre resonando.
Yo le maté, dirás; tu esposo en celos
arderá, temeroso de que al cabo
le vendas como a mí, y hasta tus besos
mentiras creerá. Cierto, y seránlo.   1425
Ella, Fernán, me amó, y volverá a amarme;
si constancia te jura, es sólo engaño;
también a mí me la juró, y mentía.
Siempre al amante buscará lejano,
y nunca podrá hallarle; tus amores   1430

fría rechazará, con llanto amargo
inundando tu lecho. ¡Fementida!
Cuando olvidarme quieras en sus brazos,
entre tu esposo y entre ti mi sombra
airada se alzará, para tu espanto,   1435
de sangre salpicando todavía
tu profanado seno; con su mano
yerta te apartará, siempre a tu mente
tu deslealtad infame recordando;
y hondamente «Macías» repitiendo,   1440
¡¡¡«Macías» sonará por el espacio!!!
Llevadme ya a la muerte...

ELVIRA

¡Espera!

FERNÁN

¡Elvira!

ENRIQUE

(A ALVAR)

Idos.

MACÍAS

¡Pérfida, adiós! Vive... y mas... Vamos.

> *(Salen,* BEATRIZ *detiene a* ELVIRA, *que
> quiere seguirle.* FERNÁN PÉREZ *sale hasta
> la puerta viendo marchar a* ALVAR *con*
> MACÍAS *y demás.* ELVIRA *quiere ir tras él,
> pero deteniéndola* BEATRIZ *vuelve a oír lo
> que dice* DON ENRIQUE *a* RUI.*)*

ESCENA VII

DON ENRIQUE, FERNÁN PÉREZ, ELVIRA, BEATRIZ,
RUI PERO

ELVIRA

(Tras FERNÁN PÉREZ)

¡Señor! ¡Ninguno me oye!

ENRIQUE

                Vos, Rui Pero,
dejad al insolente asegurado   1445
en la torre, y de allí ved que no salga
hasta que llegue del combate el plazo.

(Vase RUI PERO)

ELVIRA

¡En la torre, Beatriz! Ya libremente
suelto la rienda a mi dolor y al llanto.

ESCENA VIII

DON ENRIQUE, FERNÁN PÉREZ, ELVIRA, BEATRIZ

ENRIQUE

Por ahora, Fernán Pérez,   1450
ya en la torre está seguro.
Yo veré si hallo algún medio
de evitar, honroso y justo,
el duelo; mas por si al cabo

no se encontrase ninguno   1455
disponeos, que es valiente.
En lo que sé de él me fundo.
Pues pensar en revocarlo
ni puedo, ni es oportuno,
ni es bueno que vos quedéis   1460
por cobarde en este asunto,
siendo mi escudero.

FERNÁN

Airoso
quedarás, señor; lo juro.

ENRIQUE

Y avisadme en el momento
que vuelva de Arjona Nuño.   1465

(Vase DON ENRIQUE*)*

ELVIRA

¿Lo oyes? De evitar el duelo
no hay, Beatriz, no hay medio alguno.

ESCENA IX

FERNÁN PÉREZ, ELVIRA, BEATRIZ

FERNÁN

(Para sí)

No moriré en este trance.

¡Locura fuera! ¿Qué busco
yo en esa lid? Sólo el bien   1470
que ya poseo aventuro.
Muera él antes; sí, perezca,
si el duelo no se hace nulo.
Elvira..., dejarla quiero...

(Hace ademán de irse)

ELVIRA

Me resuelvo..., ya no dudo...,   1475
Fernán...

(Yendo tras de él)

FERNÁN

¿Quién viene?

BEATRIZ

(¿Qué intenta?)

FERNÁN

¿Me buscáis?

ELVIRA

Sí, a vos.

FERNÁN

(¿Qué escucho?)

ELVIRA

Sí, a vos, Fernán; ya es forzoso,
ya más mi dolor no encubro.
Salga del pecho, y al menos   1480
consérvese el honor puro.
Fuera el callar más, delito.
Beatriz, vete ya.

FERNÁN

(Confuso
me tiene.)

ELVIRA

(Aparte, a BEATRIZ)

Su enojo empero
temo, que es cruel e injusto   1485

BEATRIZ

(Íd., a ELVIRA)

Te entiendo: a esa galería
próxima a ocultarme acudo,
de donde pueda ayudarte
si algún peligro descubro.

(Vase)

ESCENA X

ELVIRA, FERNÁN PÉREZ

ELVIRA

Esposo, escuchadme atento,   1490
pues aunque callar quisiera,

no me dejara esta fiera
congoja y dolor que siento.
Vos ignorar no podéis
de qué suerte me han casado,   1495
y que jamás os ha amado
mi corazón, bien sabéis.

FERNÁN

¿Qué decís?

ELVIRA

    Dadme licencia
Para que acabe de hablar:
No pretendo yo culpar   1500
al padre mío en su ausencia.
Debo creer que su objeto
laudable y honroso fuese,
y, aunque así no lo creyese,
me ata la lengua el respeto.   1505
No quiero turbaros, no,
con lágrimas y suspiros;
sólo, sí, podré deciros
que amaba a Macías yo.
Sé mis deberes muy bien,   1510
y aunque noble no nací,
segura tenéis en mí
vuestra honra.

FERNÁN

    ¡Y ay de quien
no la guardase!

ELVIRA

Mirad,
Vadillo, que aún no acabé.   1515
Al fin sofocó mi fe
la paterna autoridad.
Y entero su triunfo fuera,
si aquel engaño tan cierto
no se hubiera descubierto,   1520
o Macías no viniera.
Mas en fin, todo fue en vano;
vino, y le vi, más amante
que nunca; yo la inconstante
he sido en daros mi mano.   1525
Ahora ya el llanto es ocioso:
En situación tan funesta,
sólo un arbitrio me resta,
y el emplearlo es forzoso.
Yo ser de otro no podré,   1530
pues con vos casada estoy;
mas ya que aún vuestra no soy,
jamás, señor, lo seré.
Señalad vos un convento,
adonde a ocultarme vaya,   1535
y donde esposo no haya
que redoble mi tormento.
Y presto, Fernán, que la vida
me ha de acabar mi quebranto:
Y aunque allí en eterno llanto   1540
viva después sumergida.
Esto es sólo lo que os pido;
éste es, en fin, el favor
que nunca puede, señor,
negar prudente marido.   1545

¿Quién no quisiera tener,
escuchando estas razones,
entre seguras prisiones
encerrada a su mujer?
Ni hay mujer que no prefiera   1550
a un indiferente esposo,
queriendo a otro, el reposo
de la regla más austera.

FERNÁN

¿Acabasteis?

ELVIRA

Acabé.

FERNÁN

¡Mal reprimo ya mi furia!   1555
¿Y para oír tal injuria
un año entero esperé?
Bien sé que al doncel, señora,
siempre tuvisteis amor;
sí; y en daño de mi honor   1560
le amáis más que nunca ahora.
¿Para llorar me pedís
ese retiro y convento?
Eso es todo fingimiento.
¿Qué soy necio presumís?   1565
Sé que para ese doncel
tan osado no hay seguros
ni cerrojos, ni altos muros,
que puedan guardaros de él.

ELVIRA

¡Ah!, ¡qué decís!

FERNÁN

      Loca y necia   1570
anduvisteis en pensar
que yo os fuese a renunciar
lo que más el alma aprecia.
Mi esposa sois, y viviendo,
mi mujer habréis de ser,   1575
que no hay quien pueda romper
tal lazo.

ELVIRA

     ¡Qué estoy oyendo!
¿Conque no hay remedio?

FERNÁN

         No.
¡Ninguno! ¡Vanas porfías!
Si es vuestro amante Macías,   1580
vuestro marido soy yo.
Cede, señora, a la suerte;
si no, a fe de caballero...

(Echando mano al puñal)

ELVIRA

Sacad, Fernán, el acero;
herid: no temo la muerte.   1585

FERNÁN

¿Le ama, oh cielos, de tal modo
que ya prefiere a su olvido
la muerte?

ELVIRA

Sí; yo os la pido.

FERNÁN

No; sed mía antes de todo.
Un bien, un triunfo sería   1590
la muerte para ellos dos.
No; viviréis, ¡juro a Dios!,
para más venganza mía.
¡Mal haya el que tan amado
supo ser! ¿Le preferís?   1595
¿El riesgo no prevenís?...

ELVIRA

¿Vos seréis capaz, malvado...?

FERNÁN

Sí. ¡De todo! ¡Maldición
sobre él, sobre vos!... Mas... ved
si os quiero yo hacer merced   1600
y halagar vuestra pasión.
Hoy le habéis de hablar, Elvira.

ELVIRA

¿Hablarle, señor?

FERNÁN

Lo mando.
Yo os he de estar escuchando.

ELVIRA

¿Quién tal proyecto os inspira?   1605

FERNÁN

Diréis que me amáis, que a mí
me dio vuestro amor el cielo...
Por tanto, que excuse el duelo.

ELVIRA

¿Yo tengo que hablarle así?

FERNÁN

Mi honra así queda bien puesta;   1610
la esperanza muera en él.

ELVIRA

No; primero, hombre cruel,
estoy a morir dispuesta.

FERNÁN

¿No obecedéis?

(La ase del brazo con fuerza)

ELVIRA

¡Por piedad!
Me lastimáis. ¡Ah, señor!   1615

FERNÁN

¿Tanto puede vuestro amor?
Ceded.

ELVIRA

¡No! Nunca.

FERNÁN

Temblad.

(Soltándola con fuerza y despecho)

Ya no insto más; mi venganza
tiene otros medios.

ELVIRA

¡Dios santo!

BEATRIZ

(¡Yo he de entrar!)

FERNÁN

(Llamando por la izquierda)

¡Alvar!

ELVIRA

¡Qué espanto!   1620

FERNÁN

¡Alvar!

ELVIRA

¡Adiós mi esperanza!

(Entra ALVAR, *descubierto, por
la izquierda.)*

ESCENA XI

ELVIRA, FERNÁN PÉREZ, ALVAR
(Éste y FERNÁN *aparte)*

FERNÁN

(A ALVAR)

Alvar, cuatro hombres buscadme...
¿Me entendéis? Dentro de una hora...
Venid.

(Vanse)

ELVIRA

¡Ah! ¿Qué intenta ahora?
¿Será?... ¡Cielos, amparadme!   1625
¿Qué haré en trance tan terrible?

¡Monstruo! ¿Y piensas que mi vida
a ti he de pasar unida?
¡Nunca! ¡Jamás! ¡Imposible!
¡Bárbaro! ¡En balde te halaga   1630
mi esperada posesión,
que la desesperación
sabrá prestarme una daga!
¿Y adónde fue? ¿Con qué idea?
¡Yo tiemblo!...

ESCENA XII

ELVIRA, BEATRIZ

BEATRIZ

(Despavorida)

¡Señora! ¡Elvira!   1635

*(Recelosas ambas en toda la escena de
que las vean y oigan.)*

ELVIRA

¿Qué es, Beatriz?

BEATRIZ

(Sin aliento)

¡Ah!

ELVIRA

En fin, respira.

Dime...

BEATRIZ

Aguarda: no nos vea.

ELVIRA

No, marchó.

BEATRIZ

     Sí, demasiado
lo sé; oculta, desde allí,
varias palabras oí   1640
que le dijo a su criado.
Esta noche...

ELVIRA

Habla.

BEATRIZ

     ¡Un instante!
Quiere, en su prisión, matar...

ELVIRA

¡Beatriz!

BEATRIZ

¡Ah! ¡Me hacéis temblar!

ELVIRA

¡Desgraciado! En ser constante,   1645
¿qué delito cometiste?
Mas no, asesinos, primero
ha de pasar vuestro acero
por mi pecho. ¿Tú lo oíste?
¡Beatriz!, escucha... La torre   1650
conozco en que está encerrado...
Soborna a alguno... Guardado
tengo oro... y alhajas... Corre...
Mis collares, mis pendientes...

*(Se arranca los adornos que lleva,
presentándolos a* BEATRIZ.)

estas joyas de mi boda...   1655
toma esa riqueza toda...
dispón de ella. ¡Calla! ¿Sientes
pasos?...

BEATRIZ

No.

ELVIRA

Dile al primero
que se brinde a abrir, que es suyo
cuanto quiera; el resto es tuyo.   1660

(Dándoselos)

BEATRIZ

¿Qué decís? ¿Yo? Nada quiero.
Mas corro...; sé quién lo hará...

ELVIRA

Ve; y al marqués, si es posible,
pues no es mi empresa infalible,
avisa, que él no sabrá   1665
el riesgo de su doncel
ni tan vil traición. Volemos,
Beatriz; o lo salvaremos
o moriremos con él.

(Se entran por la derecha.)

FIN DEL TERCER ACTO

ACTO CUARTO

Prisión de MACÍAS. *Puerta a izquierda y derecha;*
la primera grande, la segunda secreta.
Una lámpara encendida.

ESCENA PRIMERA

MACÍAS, FORTÚN

¿Eso propone el marqués?   1670
¿Para eso sólo te envía?
Fortún, al lucir del día
ten prevenido mi arnés.

FORTÚN

¿Diréle que del combate
no desistes?

1673   *arnés:* conjunto de armas de acero defensivas que se vestían
y acomodaban al cuerpo, asegurándolas con correas y hebillas.

MACÍAS

            ¿Desistir?   1675
¿Y él lo pudo presumir?
¿Y sangre en sus venas late?
Si olvida, mal caballero,
el campo que concedió,
no me le ha de negar, no,   1680
el rey Enrique Tercero.
Di más: que aunque el mismo rey
el campo franco rehúse,
y de su alto poder use
para hollar su propia ley,   1685
aún no está salvo el cobarde;
pues que juro por mi espada,
no quitarme la celada
hasta que, temprano o tarde,
le encuentre por fin, doquiera,   1690
y en su pecho fementido
deje mi acero escondido,
vengando mi afrenta fiera.
¿Piensa el marqués por ventura
que soy yo la de Albornoz,   1695
que oigo temblando su voz
y obedezco? ¡Qué locura!

FORTÚN

¿Diréle?...

MACÍAS

    Sí; di a Villena,

───────────
1685   *hollar:* pisar.

de mi parte, que no olvide
lo que su clase le pide,   1700
lo que debe a la honra ajena.
Que es excusado su empeño;
que si aún vivo, ha de saber
que es porque anhelo beber
la sangre al traidor; que es sueño   1705
pensar que me vuelva atrás;
y al hidalgo, que ya anhelo
ver si es tan fuerte en el duelo
como en la corte, dirás;
y tú, al despuntar la aurora   1710
prevén, Fortún, cuidadoso,
un alazán poderoso
y mi espada cortadora.
Mis armas negras bruñidas
registra bien, y dos lanzas   1715
prevenme. Mis esperanzas
mira no salgan fallidas.
Mas si muero...

FORTÚN

                    Tiende un velo
sobre agüero tan fatal.

MACÍAS

No sabe ningún mortal   1720
el fin que le aguarda el cielo.
A Rodríguez del Padrón,

1712   *alazán:* el caballo que tiene el pelo alazán, o sea, de color
más o menos rojo muy parecido al de la canela.
1722   *Rodríguez del Padrón:* «Juan Rodríguez de la Cámara o del
Padrón» fue poeta en la corte de Juan II. Su obra más importante

mi amigo, mi espada lleva,
y déme la última prueba
de su afecto; mi pasión   1725
le cuenta, y mi fin crüel:
di que la venganza mía,
mi honor a su brazo fía.
Tal confianza tengo en él.

FORTÚN

Adiós, señor, y descuida   1730
cuanto encargas a mi fe:
Yo te juro que lo haré
por tu nombre y por mi vida.

(Vase FORTÚN)

MACÍAS

Ve y pide a Dios que me valga.
¡Pues no puedo ser amado   1735
de Elvira bella, vengado
del reto, a lo menos, salga!

---

fue la novela *El siervo libre de amor*. Nació en la misma comarca
de Galicia que Macías, pero posteriormente a éste a quien incluso
menciona en un poema.

ESCENA II

MACÍAS

*(Después de un momento de pausa, sumergido en
el mayor dolor y enajenación)*

¿Íbate, pues, tanto en la muerte mía,
fementida hermosa, más que hermosa ingrata?
¿Así al más rendido amador se trata?   1740
¿Cupo en tal belleza tanta alevosía?
¿Qué se hizo tu amor? ¿Fue todo falsía?
¡Cielo! ¿Y tú consientes una falsedad,
que semeja tanto la propia verdad?
¡Oh! ¡Lloren mis ojos! ¡Lloren noche y día!   1745
¡Ah!, la aleve copa, que el amor colmó
heces también cría para nuestro daño;
¡y las heces suyas son el desengaño!...
¡Ay del que la apura, cual la apuro yo!
¡Ay de quién al mundo para amar nació!   1750
¡Ay de aquél que muere por mujer ingrata!
¡Ay de aquél que amor tirano maltrata,
y que, aun desdeñado, jamás olvidó!...
¿Por qué al nacer, cielo, en pecho amador,
tirano, me diste corazón de fuego?   1755
¿Por qué das la sed, si emponzoñas luego
el más envidiado supremo licor?
Duélate, señora, mi acerbo dolor;
ven, torna a mis brazos, ven, hermosa Elvira;
aunque haya de ser, como antes, mentira,   1760
vuélveme, tirana, vuélveme tu amor.

*(Queda un momento abismado
en su dolor.)*

1741   *alevosía:* traición, perfidia.

ESCENA III

MACÍAS, ELVIRA

(Se siente abrir una puerta secreta a la derecha, y aparece ELVIRA cubierta con un manto negro, y debajo de blanco, sencillamente: de una cinta negra trae colgada una cruz de oro al cuello.)

MACÍAS

¿Mas qué rumor?... ¿Una llave?...
¿Una puerta?... ¡Vive Dios!
¿Quien?

ELVIRA

(Al paño)

    Corre, Beatriz. Adiós.
Nada el de Villena sabe.
Antes que el crimen se acabe
que venga, por si no puedo
salvarle sola. Aquí quedo.
¡Él es! ¿Macías?...

(Llega descubriéndose.)

MACÍAS

(Conociéndola arrebatado.)

    ¿Qué miro?
¿Es ella? ¿Sueño? ¿Deliro?   1770
¡Elvira!

ELVIRA

Tente: habla quedo.

MACÍAS

¡Necio de mí! ¡Qué injusta y locamente
mi fortuna acusé! Cuando alevosa
te llamo y te maldigo, ¿tú a mis brazos
secretamente entre peligros tornas?   1775
¡Perdón, ídolo mío! Mis ofensas,
ofensas son de amor; a la ardorosa
pasión que me consume acusa sólo:
suyo es mi yerro, y mis ofensas todas.
¿Yo soy tan venturoso todavía?   1780

ELVIRA

¡Imprudente! Silencio, no esa loca
alegría te ciegue, que aún la suerte
aciaga se nos muestra.

MACÍAS

         ¡Más dichosa
nunca fue para mí!

ELVIRA

         Tiembla, insensato.
Las horas, infeliz, nos son preciosas.   1785
Oye mi voz...

MACÍAS

         Sí, Elvira, llega y habla.
Habla, y que oiga tu voz. ¡Cuán deliciosa
suena en mi oído! ¡Un bálsamo divino

es para el corazón! ¡Ah! De tus ropas
al roce sólo, al ruido de tus pasos,   1790
estremecido tiemblo, cual la hoja
en el árbol, del viento sacudida.
La esperanza de verte, tu memoria
todo el encanto son de mi existencia.
Mas si te llego a ver, mi alma se arroba,   1795
y me siento morir, cuando en tus ojos
clavo los míos; si por suerte toca
a la tuya mi mano, por mis venas
siento un fuego correr que me devora,
vivo, voraz, inmenso, inextinguible,   1800
y abrasado y pendiente de tu boca,
anhelo oírte hablar; ¡habla, bien mío;
dime que te conduce aquí a deshora
un amor semejante; y di que me amas,
y esto hará mi desdicha venturosa!   1805

ELVIRA

De ese fatal delirio que te ofusca,
la terrible verdad el velo rompa.
La muerte está a tu lado, y el momento
propicio acecha ya.

MACÍAS

       ¡Venga en buen hora!
y hálleme junto a ti.

ELVIRA

       ¿Qué escucho? Atiende.   1810
¿Entrambos nos perdemos, y aún tú nombras

el riesgo sin temblar? Los asesinos,
acaso aquí la planta sigilosa
encaminando ya, su hierro aguzan,
y bien pronto en tu sangre generosa   1815
apagar se prometen el incendio
de ese funesto amor. ¿Y tú lo ignoras?

MACÍAS

¿Que profieres de amor y de asesinos
juntamente?

ELVIRA

                    Con mi oro, con mis joyas,
esa puerta me abrí. Fernán la infame   1820
conjuración dispuso.

MACÍAS

                    ¡Oh, más hermosa
te hace tanto valor!

ELVIRA

                    Dudo cuál puerta
elegirá el cobarde. Sin demora
sálvate, que a esto vengo. ¿Presumiste
que corriese en tu busca presurosa   1825
sin tan terrible causa?

MACÍAS

(Desesperado)

¡Santo Cielo!
No la trajo el amor, la trajo sola
la compasión.

ELVIRA

Tú, ingrato, ¿mis tormentos
con esa injusta desconfianza doblas?
¿Vida y honor por compasión tan sólo   1830
arriesga una mujer? Deja, abandona
tan injuriosas dudas. Urge el tiempo.
Parte de aquí.

MACIAS

¿Partir?

ELVIRA

No es afrentosa
la fuga ante el puñal del asesino.
No mancharás huyendo tantas glorias   1835
que tienes adquiridas. Obedece:
parte.

MACÍAS

¿Sin ti, bien mío?

ELVIRA

¿Qué te importa?
Nadie soy para ti: ni ya uno de otro
podemos ser jamás.

MACÍAS

¡Jamás! ¿Y lloras?
¿Cubres el rostro en las dolientes palmas?   1840
¿Y quieres separarnos? ¡Ay! ¿No notas
que ese llanto, en que gozo tantas dichas,
es para el corazón letal ponzoña?

ELVIRA

Sí, lloro, y por ti lloro; y si es preciso
para que huyas decirte que te adora   1845
esta infeliz mujer; que no hay reposo
para ella, si tu intento se malogra;
que morirá si mueres, ya mi labio
se atreve a confesión tan vergonzosa.
Sí; yo te amo; te adoro, ni me empacha   1850
el rubor de decirlo. ¿A cuánta costa
del bárbaro imploré que me dejase
un consuelo siquiera en ser virtuosa?
Y él lo negó, y él mismo al precipicio,
donde contigo acabaré, me arroja.   1855
Sí; yo también sé amar. Mujer ninguna
amó cual te amo yo. Vuelve, recobra
un corazón que es tuyo, y que más tiempo
el secreto no guarda que le agobia.

MACÍAS

Más bajo, por piedad, que envidia tengo   1860
hasta del aire que te escucha.

1843   *letal:* mortífero.

ELVIRA

Ahora
¿qué tardas ya? Consérvame tu vida.
Huye.

MACÍAS

Ven.

ELVIRA

¡Imposible!

MACÍAS

¿Siempre sorda
a mi ruego serás?

ELVIRA

Acaso un día...

MACÍAS

¡Un día!

ELVIRA

¿Qué pronuncio?... Anda, y la aurora   1865
lejos de Andújar al lucir te encuentre;
mi remedio a los cielos abandona.
Yo encontraré un asilo impenetrable,
en donde a salvo del traidor me ponga.

Comprometer tu fuga yo podría   1870
retardándola acaso. En tal congoja
sólo esta daga tengo, que escondida

    (Saca una daga)

entre los pliegues traje de mis ropas.
Sírvate ella, aunque débil, de defensa.
A las puertas de Andújar, cautelosa,   1875
te seguiré a tu lado, hasta que libre
te mire allí desparecer yo propia.
Sólo una cosa exijo: has de jurarla.
Si, a pesar de la noche protectora,
que con sus densas sombras nos ampara,   1880
antes de que salvemos la espaciosa
muralla y honda cava, sorprendidos
por Fernán Pérez somos, oye: ahoga
la piedad en tu pecho: que tu mano
en este corazón la daga esconda,   1885
y así el remordimiento y la vergüenza
borre, que entre los hombres le destrozan.
No sea suya jamás; mi amor se salve,
ya que imposible fue salvar mi honra.
Y si tú no te atreves, en mis manos   1890
pon la daga: la muerte no me asombra.
Recuerda que a sus brazos de los tuyos
pasara, y que esta noche a las odiosas
caricias de un rival...

             MACÍAS

             Sí, lo prometo.

1877 *desparecer:* desaparecer.

ELVIRA

Jura sobre esta cruz.

(La que trae colgada del cuello)

MACÍAS

¡Mujer heroica!   1895
¡Yo lo juro ante Dios! ¡Oh, qué suprema

(Toma la daga)

felicidad! ¡Por mí la muerte arrostra!

ELVIRA

Primero que ser suya, entrambos juntos
muramos.

MACÍAS

Sí, muramos.

ELVIRA

Peligrosa
fuera ya la tardanza. Ven: partamos.   1900
¿Mas qué rumor?... ¡Los cielos me abandonan!

(Escuchan)

¡Ellos son! A esta puerta se aproximan.

MACÍAS

¿Son ellos?

(Corre el cerrojo)

No entrarán.

ELVIRA

¡Ah! Por esotra,
corramos.

UNO

(Dentro)
¿Han cerrado?

(Golpeando)

FERNÁN
(Ídem)

¡Me han vendido!

ELVIRA

¡Él es! Corre.

MACÍAS

Ya es tarde; ya se agolpan   1905
esta entrada a tomar.

ELVIRA

¡Suenan sus armas
al pie de la escalera silenciosa!

1903   *esotra:* forma contracta *(esa otra)* frecuente en el Siglo de
Oro, pero no en el siglo XIX.

MACÍAS

¡Aún no suben!

ELVIRA

                    ¿Mas no oyes? ¡Infelices!
¿Qué será de nosotros? ¡Ya ni sombra
de esperanza nos queda!

MACÍAS

                    ¡Suerte impía!   1910
Jamás has desmentido tu espantosa
tenacidad conmigo.

ELVIRA

                    Oye, siquiera,

(Corre a echar la llave a la puerta secreta)

ganemos algún tiempo: acaso pronta
ya Beatriz llegará.

MACÍAS

¿Tiemblas?

ELVIRA

                    ¿Y cómo
no temblar, si tu vida...?

MACÍAS

¿Y qué me importa?   1915
¿No me amas?

ELVIRA

¿Y lo dudas?

MACÍAS

Pues muramos:
repítemelo siempre, y haz que lo oiga
muriendo.

ELVIRA

¿Y aquí me hallan?

MACÍAS

¿Qué, a ese mundo,
que murmura de aquellos que no logra
ni comprender siquiera, qué debemos?   1920
¿No es él quien nos perdió con engañosas
preocupaciones? Llega. Las lazadas
que al mundo nos unían ya están rotas.
Ya vamos a morir; un moribundo
soy sólo para ti; ven, llega y orna   1925
de flores mi agonía; di que me amas...

1925 *orna:* adorna.

ELVIRA

Calla: la muerte ya tiende sus sombras
sobre nosotros. ¿No oyes?... ¿Y a este punto
ha de venir la muerte rigurosa?
¡Con tanto amor morir!

MACÍAS

                          ¡Ah! Tú cobarde   1930
me volverás aún: ¡morir no ha un hora
desdeñado anhelaba, y tiemblo amado!

(Desasiéndose)

Deja: corro a su encuentro; más gloriosa
sea mi muerte.

ELVIRA

(Siguiéndole)
¿Dó corres contra tantos?

MACÍAS

A merecerte.

ELVIRA

                    ¡Ay triste! ¿Qué haces? Torna: 1935
cumple antes lo jurado... ¡No me escucha!

(Sale MACÍAS*)*

1935   *Torna:* regresa, vuélvete.

MACÍAS

¡Fernán Pérez! ¿Dó estás?

ELVIRA

¡Ya el mal se colma!

*(Corre a una ventana del foro, que abre,
y se asoma.)*

¡Beatriz! ¡Beatriz!

(Escucha: se oye ruido de espadas a la derecha.)

¡Socorro! ¡Don Enrique!

(Se aparta de la ventana y vuelve al medio.)

¡Nadie oye! ¡Nadie viene!

(Cae en un asiento)

¡Ah! la horrorosa
lid se percibe ya.

MACÍAS

(De adentro)

¡Traidores!

FERNÁN

(Ídem)

¡Muere!

1940

MACÍAS

(Ídem)

¡Me habéis muerto!

ELVIRA

(Arrojándose del asiento)
                    ¡Macías! Ya le inmolan
los pérfidos. ¡Tened!

(Va a salir al encuentro de MACÍAS, *pero
éste al mismo tiempo vuelve a entrar retro-
cediendo, la mano izquierda en la herida,
y la daga en la derecha; le persiguen de
cerca* FERNÁN PÉREZ, ALVAR *y tres hombres: al mismo tiempo uno de ellos corre
a abrir la otra puerta y entran otros tres,
dos de ellos con teas.* ELVIRA, *al ver llegar a* MACÍAS, *le sostiene, y él cae sobre
el asiento.)*

MACÍAS

(Al entrar)

                    ¡Ah! ¡Ni aún vengado
muero!

ELVIRA

¡Mi bien!

MACÍAS

¡Elvira!

ESCENA IV

ELVIRA, MACÍAS, FERNÁN PÉREZ, ALVAR

(Seis armados)

FERNÁN

(Se detiene asombrado)

¡Aquí mi esposa!

ELVIRA

¡Socorredle si es tiempo!

MACÍAS

Ya es en vano:
mortal la herida siento.

FERNÁN

¡Esto soporta   1945
mi furor! Separadlos.

(Quiere adelantarse y tras él los suyos, pero ELVIRA
se opone a ellos.)

ELVIRA

Asesinos,
no lleguéis. Monstruo, a contemplar tu obra
ven tú. Sí; el triunfo es tuyo, pero inútil
si no acabas también con quien le adora.

No; nunca seré tuya; te aborrezco.   1950
¡Maldición sobre ti!

FERNÁN

¿Qué oigo, traidora?
Infiel, tiembla...

ELVIRA

(Con ironía amarga)

¿Yo?

(A MACÍAS*)*

El punto ya es llegado.
¡Salva, mi único bien, salva a tu esposa!
Lo juraste.

*(Arrebatándole la daga, que él alarga
débilmente.)*

FERNÁN

¿Qué intenta?

ELVIRA

(Enseñando la daga a FERNÁN PÉREZ*)*

Ya no tiemblo.
La tumba será el ara donde pronta   1955
la muerte nos despose.

(Se hiere y cae al lado de MACÍAS*)*

FERNÁN

(Al conocer su intención hace seña a ALVAR, *que está más cerca de* ELVIRA, *que la detenga.)*

¡Alvar!

ELVIRA

(Cayendo)
                                        Dichosa

muero contigo.

FERNÁN

¡Ya no es tiempo!

MACÍAS

                                        Es mía
para siempre..., sí..., arráncamela ahora,
tirano.

(Haciendo un último esfuerzo)

FERNÁN

¡Qué furor!

MACÍAS

Muero contento

(Expira)

ELVIRA

Llegad... ahora..., llegad..., y que estas bodas   1960
alumbren... vuestras... teas... funerales.

(Expira. Se oye ruido de muchas personas que llegan cerca.)

FERNÁN

¡Qué rumor?

BEATRIZ

(Dentro)
¡Ah! Corred.

FERNÁN

(Agitado)
¿Quién?... ¡Qué zozobra!

BEATRIZ

(Dentro)
Acaso es tiempo aún.

ESCENA V Y ÚLTIMA

ELVIRA, MACÍAS, FERNÁN PÉREZ, ALVAR, *sus seis armados,* BEATRIZ, DON ENRIQUE, NUÑO HERNÁNDEZ, RUI PERO, FORTÚN, PAJES, *dos hombres con teas.*

(Entran por la izquierda con las espadas desnudas; al otro lado se réunen los demás)

BEATRIZ

(Ve al entrar a ELVIRA, *corre a ella y le coge una mano)*
¡Ah! No. ¡Ya es tarde!

_____

[1962]   *zozobra:* inquietud, aflicción, congoja.

NUÑO

(Haciendo lo mismo)

¡Mi hija!

BEATRIZ

¡Elvira!

ENRIQUE

(Asombrado)

¡Fernán Pérez! ¡Vuestra esposa!
¡Macías! ¿Qué habéis hecho?

FERNÁN

Me vendían.   1965
Ya se lavó en su sangre mi deshonra

(Cae el telón sobre este cuadro final)

FIN DEL CUARTO Y ÚLTIMO ACTO